Arndt Krödel

Aufgewachsen in HEIDELBERG in den 50er & 60er Jahren

Wartberg Verlag

Impressum

Bildnachweis:
Titelbild: ullstein bild-mauritius, Freisteller: ullstein bild-Oscar Poss
Umschlagrückseite: Gerhard Genthner

Innenteil:
Bernhard Hoffmann: S. 5, S. 14, S. 15 unten, S. 17 oben, S. 23, S. 63; Gerhard Genthner: S. 6 oben, S. 16, S. 20, S. 25 oben, S. 27, S. 28 oben, S. 51; Dieter Nuzinger: S. 6 unten, S. 8 oben, S. 17 unten, S. 18 oben, S. 18 unten, S. 39, S. 48 oben, S. 48 unten, S. 49, S. 50 unten, S. 52, S. 59; Ingeborg Salomon: S. 7 oben, S. 7 unten, S. 8 unten, S. 10 unten, S. 12, S. 17 Mitte, S. 18 Mitte, S. 19, S. 24 oben, S. 28 unten, S. 29; Tiefburgarchiv Stadtteilverein Handschuhsheim: S. 24 unten, S. 25 unten, S. 51; Stadtarchiv Heidelberg: S. 11, S. 15 oben, S. 21, S. 33, S. 34 oben, S. 38, S. 41, S. 43, S. 46 Mitte und unten, S. 57, S. 58, S. 60, S. 61; Heide-Marie Lauterer: S. 13, S. 50 oben, S. 62; Gerhild Michel: S. 40;
Wikimedia Commons: S. 4 (Piet Strunk), S. 9 (U.S. National Archives), S. 10 oben (United States Army), S. 26 links (Olaf Kosinsky / CC BY-SA 3.0-de), S. 26 rechts (Frankie Fouganthin), S. 31 (Nobsy), S. 34 unten (unbekannt), S. 35 (Sönke Rahn), S. 44 oben (World-Telegramm staff photographer, S. 44 unten (unbekannt), S. 45 (Bert Verhoeff / Anefo), S. 54 (unbekannt)
ulllstein bild-United Archives: S. 22; ullstein bild:-Leber S. 30 oben; ullstein bild-Werner OTTO: S. 30 unten; ullstein-bild: S. 38; ullstein bild-dpa: S. 56

Die Daten der Chroniken sind der Enzyklopädie „Zeiten“ des Heidelberger Geschichtsvereins entnommen, erschienen unter www.haidelberg.de

Der Autor dankt den Zeitzeuginnen und Zeitzeugen Gerhild Michel, Heide-Marie Lauterer, Ingeborg Salomon, Gerda Wallenwein, Gerhard Genthner, Bernhard Hoffmann, Wilhelm Dorrinck und Dieter Nuzinger für die intensiven und vertrauensvollen Gespräche sowie dem Stadtarchiv Heidelberg für die freundliche Unterstützung bei der Bildrecherche.

Wir danken allen Lizenzträgern für die freundliche Abdruckgenehmigung.
In Fällen, in denen es nicht gelang, Rechtsinhaber an Abbildungen zu ermitteln,
bleiben Honoraransprüche gewahrt.

1. Auflage 2022

Gestaltung und Satz: r2 | Ravenstein, Verden
Druck: Druck- und Verlagshaus Thiele & Schwarz GmbH, Kassel
Buchbinderische Verarbeitung: Buchbinderei S. R. Büge, Celle

34281 Gudensberg-Gleichen • Im Wiesental 1
Telefon: 056 03/9 30 50 • www.wartberg-verlag.de
ISBN: 978-3-8313-2869-7

Vorwort

Liebe HEIDELBERGer!

Es sind oft die kleinen Geschichten und alltäglichen Erfahrungen, die uns viel über das Leben von Menschen sagen und darüber hinaus einen Blick freigeben auf die Zeit, die sie umgibt. Heidelbergerinnen und Heidelberger erinnern sich in diesem Buch an die 1950er- und 1960er-Jahre, die sie als Kind oder Jugendliche erlebten. Sie wuchsen auf in einer Stadt, die das Privileg hatte, im nur wenige Jahre zurückliegenden Zweiten Weltkrieg von den Bombardierungen der Alliierten weitgehend verschont geblieben zu sein – bis auf wenige Ausnahmen waren die Straßen und Plätze, auf denen sie spielten, intakt.

Aus heutiger Sicht erscheint uns das Leben in jenen beiden Jahrzehnten in vielen Aspekten ebenso fern wie staunenswert: Da tut sich eine Welt auf, in der man mit der Milchkanne loszog, um das Getränk im Milchladen, mittels handbewegter Pumpen frisch schäumend aus dem Tank abgezapft, zu kaufen. Eine Welt, in der man kaputte Schuhe noch zum Schuhmacher um die Ecke brachte. Die Lehrer in der Schule waren manchmal ganz schön autoritär und hielten körperliche Züchtigungen für Pädagogik. Im Winter war der Neckar häufig zugefroren, jedenfalls bis 1964, was Kindern wie Erwachsenen ein Mordsvergnügen bereitete. Im „Cave 54" gab sich die Crème de la Crème der Jazzmusik ein Stelldichein, und im Jugendstilbau des Alten Hallenbads lernte man schwimmen.

Die befragten Zeitzeuginnen und Zeitzeugen lassen diese Welt wieder aufleben, was weniger mit nostalgischer Verklärung zu tun hat als vielmehr mit der Freude am Erinnern an eine besonders lebensintensiven Zeit. Ihre Erinnerungen halten ein Stück Geschichte fest, das andernfalls irgendwann in Vergessenheit geraten würde. Entstanden ist ein Zeitgemälde, das nicht vollständig oder repräsentativ sein kann und will, aber durch die mitwirkenden Personen authentisch und von einer bunten Vielfalt ist. Neben allem Schwierigen und „Überholten" besitzt diese Zeit auch einen Zauber, in den wir eintauchen dürfen.

Arndt Krödel

Arndt Krödel

Meine Geschwister sind in Ordnung!

„Neckarsume"

Hausgeburten waren in den 50er-Jahren die Ausnahme: Zur Niederkunft gingen die Frauen in die Klinik. In St. Elisabeth kam Heide-Marie Lauterer auf die Welt, einer seit 1926 unterhalb des Heidelberger Schlosses in der Villa Haus Felseck untergebrachten Frauenklinik. Das von der Kongregation der Schwestern vom heiligen Josef geführte Haus verfügte über 40 Betten für Geburtshilfe und Gynäkologie und besaß eine Hauskapelle. Bis 1976 wurden im Haus Felseck über einen Zeitraum von 50 Jahren etwa 40.000 Babys entbunden, „Neckarsume", wie die in Heidelberg geborenen Kinder genannt werden.

Von strikten Regeln, die damals in den Frauenkliniken galten, erzählt Gerhard Genthner: Alles war hoch steril, die jungen Mütter wurden isoliert und durften nur wenige Stunden Besuch empfangen. Väter waren bei der Geburt nicht zugelassen, und wenn ein Baby von der Mutter an die Brust gelegt wurde, mussten alle den Raum verlassen. Die Ausstellung einer Geburtsurkunde durch das Standesamt kostete Mitte der 50er-Jahre eine Deutsche Mark, deren Entrichtung durch ein aufgeklebtes briefmarkengroßes Märkchen dokumentiert wurde.

Chronik

1950 – 1954

8. Januar 1950
Das Zimmertheater beginnt seine Arbeit in den Räumen des Girl-Centers, Häusserstraße 24, mit der Aufführung von „Die glücklichen Tage“ von Claude-André Puget (1951: Umzug in die Hauptstraße 118).

31. März 1950
20.024 Heimatvertriebene wohnen in Heidelberg.

1. Dezember 1951
Die von der Besatzungsmacht beschlagnahmte Stadthalle wird der Stadt zurückgegeben (bis dahin „Stardust EM Club“).

1951
Der Komponist Wolfgang Fortner ruft die Konzertreihe „Musica viva“ ins Leben.

2. Juli 1952
39,7 Grad C gemessene Temperatur, heißester Tag des Jahres.

1952
Hermann Maas, evangelischer Pfarrer, der in der NS-Zeit Helfer und Retter für zahllose Juden war, wird zum Ehrenbürger der Stadt Heidelberg ernannt.

1952
Der Schwarz-Weiß-Film „Ich hab mein Herz in Heidelberg verloren“ (Regie: Ernst Neubach, u. a. mit Wolfgang Neuss) wird produziert.

Juli 1952
Wahl des Oberbürgermeisters: Dr. Carl Neinhaus wird im 1. Wahlgang von 50,9 % der Wählerstimmen gewählt und amtiert bis 1958.

23. Mai 1953
Eröffnung der Ernst-Walz-Brücke. Wiederinbetriebnahme der Straßenbahn-Strecke bis zur Chirurgischen Klinik.

4. Dezember 1954
Staatsbegräbnis Wilhelm Furtwänglers auf dem Bergfriedhof, Trauerfeier in der Heiliggeistkirche.

Familie Hoffmann mit dem Nachwuchs im Kinderwagen.

Penatencreme, Teddys und Lederhosen

An den Geruch von Penatencreme als Hauptpflegemittel in seiner Kindheit erinnert sich Dieter Nuzinger bis heute, genauso wie an das Bad in der Sitzwanne aus Zink. Die Kinderwagen damals waren aus robustem Material, das wie Weidenkörbe geflochten war, hatten Scheibenräder sowie ein Verdeck, das man je nach Wetterlage verschieben konnte. Kleidung wurde häufig selbst genäht. Als kleiner Junge trug er, wie viele andere Gleichaltrige auch, vorwiegend die äußerst pflegeleichten, unverwüstlichen Lederhosen, die nach einiger Zeit des Gebrauchs eine speckige Patina bildeten. Verschieden große Teddys zählten im Lauf der Jahre zu seinem Spielzeug, aber auch diverse Schuco-Autos. Für die Modelleisenbahn von Märklin wurde eifrig Zubehör gesammelt. Sein größter Wunsch allerdings, ein Tretroller mit Weißwandreifen, wurde nie erfüllt.

Ganz bei der Sache: Spielen im Kindergarten der Friedenskirchengemeinde in Handschuhsheim.

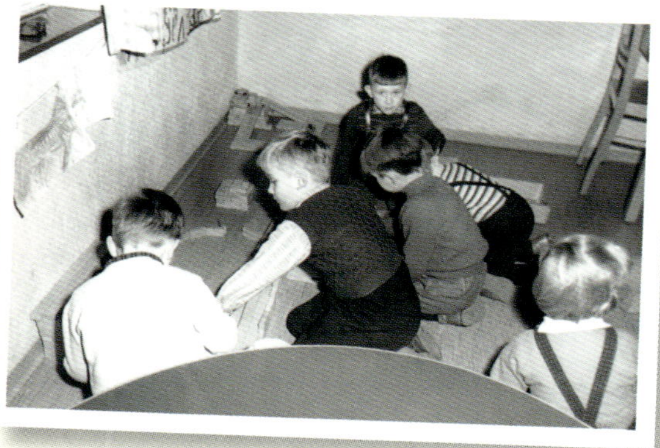

Spielzeug aus Holz und ein Karussell

Im Kindergarten der evangelischen Kirchengemeinde von Handschuhsheim, der in der Kriegsstraße neben der Friedenskirche gelegen war, spielte Gerhard Genthner viel mit Holzbausteinen und Holzspielzeug. Wenn es nach draußen auf den Hof ging, warteten ein kleines Karussell, eine Rutschbahn und ein Sandkasten auf die Kleinen. Die Betreuungszeiten der Kinder waren eng. Sie wurden um 8 Uhr in den Kindergarten gebracht und mussten schon um 12 Uhr wieder abgeholt werden. Die meisten Mütter waren Hausfrauen und betreuten ihre Kinder selbst – oder die Omas übernahmen diese Aufgabe.

Einmal den Froschkönig darstellen

Eine Aufführung des Märchens vom Froschkönig im evangelischen Kindergarten der Johanneskirche in der Lutherstraße, den er unregelmäßig als Gast besuchte, ist Dieter Nuzinger deutlich in Erinnerung geblieben – wohl auch deshalb, weil er darin die Hauptrolle spielen durfte. Die Verwandlung vom Frosch in den Prinzen wurde so inszeniert, dass er in dem Moment, als die Prinzessin den Frosch an die Wand wirft, einen Sprung durch die Tür hinter die Kulissen machte, durch die er nach blitzschnellem Umziehen als Prinz wieder auftauchte. An die Kindergärtnerinnen hat er nur gute Erinnerungen.

Früh übt sich: Dieter Nuzinger, der später Tanzlehrer werden sollte, als Kosacke 1959 in der Heidelberger Stadthalle.

In der „klassischen“ Kleinfamilie

Ingeborg Salomon und ihre Freundin präsentieren stolz ihre Sommertagsstecken.

Auch Ingeborg Salomon, die in den hinter dem Thadden-Gymnasium gelegenen evangelischen Kindergarten in der Hostig in Wieblingen ging, wurde mittags von ihrer Mutter abgeholt. Als Einzelkind war sie gerne im Kindergarten, der von „Tante Annemarie“ und „Schwester Emilie“ geleitet wurde. Aufgewachsen ist sie in einer klassischen Kleinfamilie. Der Vater verließ morgens zwischen 7.00 und 7.30 Uhr das Haus und ging zu Fuß zu seiner Arbeitsstätte, von der er gegen 17 Uhr zurückkehrte und damit Feierabend hatte. Die Mutter schmiss den Haushalt, machte Einkäufe und kümmerte sich um das Kind. Aufgaben und Zuständigkeiten waren klar und rollenspezifisch verteilt.

Angst vor „Schwester Irmgard“

Als sie fünf Jahre alt war, kam Heide-Marie Lauterer in den katholischen Kindergarten Ecke Schröder-/Werderstraße – für das kleine Mädchen keine Zeit der ungetrübten Freude, wie sie erzählt. Am ersten Tag liefert sie der Vater dort ohne große Erklärungen ab und sie versteht nicht, warum sie jetzt bei „Schwester Irmgard“ bleiben muss, einer Gestalt, die ihr Angst macht. Ganz in Schwarz mit weiß gestärkter Halsbinde und Haube, die bei jeder Bewegung bedrohlich

Im Kindergarten in der Hostig mit „Tante Annemarie“ und „Schwester Emilie“.

knistert. Sie erinnert sich noch, wie sie sich unvermittelt in einem dunklen Raum wiederfand, in dem es nach Mottenpulver roch, und an den modrigen Geschmack in ihrem Mund. Und der Papa war nicht mehr da, hatte sie einfach alleingelassen.

Weihnachten 1950: Familie Nuzinger unter dem mit Lametta geschmückten Weihnachtsbaum, ganz vorne der kleine Dieter.

Und morgen wird Schlitten gefahren! Dieter Nuzinger mit seinen Brüdern Werner und Alfred.

Weihnachten: Echte Kerzen und Lametta

Weihnachten ist in der Kindheit ein Höhepunkt des Jahres, das war auch bei Ingeborg Salomon nicht anders. Am Heiligabend verschwand der Vater im Wohnzimmer und schmückte den Baum – natürlich durfte Lametta nicht fehlen –, während die Mutter in der Küche werkelte. Das kleine Mädchen wartete mit seinen sämtlichen Stofftieren gespannt vor der verschlossenen Wohnzimmertür, und ab und zu fiel ein Lamettafaden vom Himmel herab – das Christkind war da. Nachdem die Familie den Gottesdienst besucht hatte, war es dann endlich so weit. Ein Glöckchen klingelte, die Wohnzimmertür öffnete sich und auf dem Weihnachtsbaum glänzten echte Wachskerzen. Nun galt es, sich den vielen Geschenken zu widmen. Später gab es das traditionelle Essen zu Heiligabend, mit Kalbsragout gefüllte Königinpastetchen. Dazu lief weihnachtliche Musik vom Plattenspieler.

Ein kleines Mädchen im großen Glück. Ingeborg Salomon, 1958.

Männer vom 2794. Eng. Fire-Fighting Platoon in Heidelberg auf ihrem Löschfahrzeug, 1945.

Wir spielen Krieg

Äußerlich wurde in den 1950er-Jahren fast niemand in Heidelberg mit den Narben von Kriegshandlungen und Bombardierungen konfrontiert, weil die barocke Universitätsstadt weitgehend verschont worden war. Doch blieb der Krieg selbst fünf Jahre nach seiner Beendigung in unterschiedlichen Ausprägungen in den Köpfen der Menschen. In ihrer Kindheit, erinnert sich die 1952 geborene Heide-Marie Lauterer, hätten sie und ihr Bruder mit dem Großvater im häuslichen Wohnzimmer „Krieg" gespielt. Dabei kroch man auf allen vieren auf dem Boden herum, simulierte den „Schützengraben" und duckte sich vor „Handgranaten".
In ihrer kindlichen Naivität hat es den beiden Geschwistern Spaß gemacht.
Welche Zerstörungen der Krieg anrichten kann, bekam der in der Weststadt aufgewachsene Bernhard Hoffmann als Kind häufig mit, wenn er seinen Vater auf Fahrten zu beruflichen Terminen in den Mannheimer Hafen, aber auch nach Bruchsal und Karlsruhe begleitete. Hier waren die Spuren des Bombenkriegs sichtbar und in seiner Familie wurde offen darüber geredet.

Die Amerikaner als Retter?

Ob die Amerikaner, die nach Kriegsende Heidelberg zu ihrem militärischen Hauptquartier in Europa machten, die als Inbegriff deutscher Romantik geltende Stadt bewusst geschont haben, bleibt unklar. Einige halten das für möglich, andere für wenig plausibel. Von seiner Mutter, erzählt der 1948 geborene Bernhard Hoffmann, habe er von den Flugblättern gehört, die von US-Flugzeugen in den letzten Kriegstagen über Heidelberg abgeworfen worden sein sollen und auf denen angeblich der Satz stand: „Heidelberg werden wir schonen,

Das 289. US-Pionier-Kampfbataillon befördert 1945 Truppen und Fahrzeuge über den Neckar bei Heidelberg, bis die Pontonbrücken fertiggestellt und beschädigte Brücken von den Ingenieuren repariert worden sind.

in Heidelberg wollen wir wohnen." Auch andere Erwachsene hätten ihm damals davon berichtet. Gerhard Genthner erinnert sich ebenfalls, dass sein Patenonkel, ein Bäckerssohn aus der Altstadt, von den legendären Flugblättern erzählt hat. Allerdings gibt es davon bis heute keinen sichtbaren Beleg – entweder weil die Exemplare der abgeworfenen „Feindpropaganda" vor Kriegsende von den NS-Behörden komplett vernichtet wurden, niemand sie bei sich zu Hause aufhob oder weil sie schlicht nicht existierten.

„Armer schwarzer Kater"

Wenn sie Geburtstag hatte, erinnert sich Ingeborg Salomon, standen auf einem bunt lackierten Holzkranz so viele brennende Kerzen, wie sie gerade alt geworden war. Gefeiert wurde meist bei ihren Großeltern, die ein großes Haus mit Garten in Handschuhsheim hatten. Eingeladen waren nur Mädchen. Wenn es nach dem Verzehren des Kuchens ans Spielen ging, waren Topfschlagen, Verstecken oder „Armer schwarzer Kater" angesagt: Ein Mädchen machte als Kater die Runde und miaute ganz kläglich – und jede Mitspielerin, neben die es sich setzte, musste ihm den Kopf streicheln und sie voller Mitleid mit den Worten trösten: „Armer schwarzer Kater." Und zwar ohne zu lachen. Wer das Lachen trotzdem nicht zurückhalten konnte, war der neue „arme schwarze Kater".

Kindergeburtstag: Es brennen sechs Kerzen auf dem Lichterkranz.

5. Mai 1955: Der neue Hauptbahnhof wird eingeweiht.

Der neue Hauptbahnhof

Draußen im Westen

„Unter dem Heulen der Sirenen und dem Pfeifen der Lokomotiven" wurde am 12. September 1950 der erste Spatenstich für den neuen Heidelberger Hauptbahnhof vollzogen, wie die Rhein-Neckar-Zeitung berichtete. Der alte Bahnhof am heutigen Adenauerplatz war aus verschiedenen Gründen nicht mehr zeitgemäß und wurde aufgegeben. Der Festakt für den Neubau ereignete sich im „Baggerloch", so die Bezeichnung des Volksmunds für eine Erdvertiefung von etwa drei Kilometern Länge westlich der Stadt, die schon zu Beginn des 20. Jahrhunderts für die Bahnanlagen eines neuen Personenbahnhofs ausgehoben worden war.
Doch es sollte noch 50 Jahre dauern – dazwischen lagen zwei Weltkriege –, bis das Projekt vollendet wurde. Und so blieb das „Baggerloch" lange Zeit ein grandioser Abenteuerspielplatz für die Heidelberger Kinder.
Zur Einweihung des neuen Hauptbahnhofs, dem ersten großen Bauprojekt der 1949 gegründeten Deutschen Bundesbahn, kam am 5. Mai 1955 eigens Bundespräsident Theodor Heuss mit einem Sonderzug aus Bruchsal nach Heidelberg, wo er einige Jahre gelebt und 1945 die Rhein-Neckar-Zeitung mitbegründet hatte.
Einhellig fielen die Meinungen über die Architektur des heute unter Denkmalschutz stehenden Gebäudes nicht aus: Sie reichten von „Glaskasten der Unnahbarkeit" bis zu „Eleganz und Leichtigkeit". Gut ein Jahr nach der Einweihung wurde eine Straßenbahnlinie durch die Kurfürstenanlage zum neuen Hauptbahnhof eröffnet. Aber noch vier Jahrzehnte später meinte die Rhein-Neckar-Zeitung, dieser liege „nach wie vor etwas abseits ‚draußen im Westen', ohne die erwartete starke Sogwirkung".

Schokolade essen mit Handschuhen

Sehr beliebt auf Kindergeburtstagen war auch das „Schoklolade-Essen-Spiel". Zunächst wird gewürfelt und sobald jemand eine Sechs erzielt, beginnt das Wettrennen: Das betreffende Kind muss sich mit Mütze, Schal und Handschuhen einpacken und versuchen, mit Messer und Gabel mundgerechte Stücke von einer in Zeitungspapier eingewickelten Block-Schokolade abzuschneiden. Ziel ist es, möglichst viel von der Schokolade zu essen. Währenddessen würfeln die anderen Kinder weiter. In dem Moment, in dem eines von ihnen wieder eine Sechs würfelt, muss das Kind mit der Schokolade alles wieder ausziehen und an den „Sechser“ weiterreichen. Sobald es beginnt, sich Mütze, Schal und Handschuhe anzuziehen, würfeln die übrigen Kinder reihum weiter – bis zur nächsten Sechs. Das Spiel endet, wenn die Schokolade aufgegessen ist.

Auch die „Reise nach Jerusalem“, bei der es auf Reaktionsschnelligkeit ankommt, gehörte zum Spiele-Repertoire eines Kindergeburtstags oder das Pantomime-Spiel „Scharade“, wie sich Dieter Nuzinger erinnert: Dabei galt es, ein Wort zu erraten, das ein Mitspieler pantomimisch darstellen musste. An seinen Geburtstagen im Kreise befreundeter Kinder gab es meist selbst gebackenen Sandkuchen, dazu Frigeo-Brause mit Orangen-, Zitronen- oder Waldmeistergeschmack, bevor es dann zu den Höhepunkten der Wettspiele kam.

Eigentlich wollte Ingeborg ja einen Hund oder eine Katze ... Einen Schildkröte wie „Fritzi“ galt aber als unkompliziert.

„Ein Haustier, bitte ...!“

Ein Haustier, vorzugsweise einen Hund oder eine Katze, war sicherlich ein häufig geäußerter Wunsch der Kinder, vor allem, wenn sie wie Ingeborg Salomon keine Geschwister hatten. Sie bearbeitete ihre Eltern hartnäckig in diese Richtung, allerdings ohne Erfolg, jedenfalls, was Hund oder Katze betraf. Gewährt wurde ihr nur eine Schildkröte: „Fritzi“ bewegte sich im Sommer auf dem Balkon, im Winter kam sie in eine Kiste in den Keller, wo sie ihren Winterschlaf verbrachte. Aber ein Panzer streichelt sich eben anders als ein Fell.

Baden bei den Mitscherlichs

In dem Mehrfamilienhaus in der Max-Wolf-Straße im Stadtteil Neuenheim, in dem Heide-Marie Lauterer mit ihren Eltern und ihrem jüngeren Bruder wohnte, gab es nur ein einziges Badezimmer mit Badewanne. Das gehörte zu der Wohnung im Obergeschoss, welche die Familie des Psychoanalytikers und Arztes Alexander

Draußen am liebsten in der Latzhose:
Heide-Marie Lauterer vor ihrem Elternhaus.

Mitscherlich, Leiter der Klinik für Psychosomatische Medizin an der Universität Heidelberg, gemietet hatte. Einmal im Monat, so war die Abmachung mit den Mitscherlichs, durften die Lauterers dort baden. Allerdings nahmen das nur ihre Eltern wahr, erinnert sich Heide-Marie Lauterer – sie selbst habe sich vor der großen Badewanne mit dem glucksenden Abfluss ein wenig gefürchtet und zog es wie ihr Bruder vor, für die „große Wäsche" in die Zinkbadewanne in der heimischen Küche zu steigen.

Einmal habe ihr der „Herr Professor", wie Mitscherlich von den Eltern respektvoll angesprochen wurde, das Leben gerettet, wie sie erzählt. Als sie schrecklichen Husten hatte, verschrieb ihr die Kinderärztin ein Medikament, das die Mutter beim Apotheker abholte. Doch das Kind sträubte sich instinktiv mit Händen und Füßen gegen die Einnahme der Tropfen. Zufällig kam in diesem Moment gerade der Wissenschaftler die Treppe herauf und wurde von der Mutter um Rat gebeten. Mitscherlich las den Beipackzettel und stellte fest, dass es sich hier um ein nervenblockierendes Medikament handelte, das das Kind auf keinen Fall nehmen dürfe. Es hätte sonst Lebensgefahr bestanden. Der Apotheker hatte das Rezept nicht richtig gelesen und die falsche Arznei ausgegeben.

Fließend kaltes Wasser

Bis in die 50er-Jahre kamen viele Flüchtlinge und Umsiedler in das unzerstörte Heidelberg – das führte zu einer angespannten Situation auf dem Wohnungsmarkt. Die Wohnung, in der Bernhard Hoffmann mit seinen Eltern in der Lessingstraße in der Weststadt aufwuchs, bestand aus zwei Zimmern, wovon eines als Küche diente. Ein Bad gab es nicht, die Toilette teilte man sich mit den zwei Hauptmieterinnen der Wohnung, zwei pensionierten Lehrerinnen, die den Spitznamen „die Jungfern" erhielten und die der Junge als neugierig empfand. Zeitweise wohnte auch ein Onkel mit in der Wohnung.

Was Knaben damals trugen. Bernhard Hoffmann im Bleyle-Anzug.

Um diesen Widrigkeiten zu entkommen, bemühten sich die Eltern um eine eigene Wohnung und hatten Erfolg. Anfang der 50er-Jahre zog die Familie in das 3. Obergeschoss des Hauses Römerstr. 59/ Ecke Dantestraße und hatte zwei Zimmer mit Küche, die über fließend kaltes Wasser verfügte. In der Wohnung gab es eine Ofenheizung, außerdem gehörten ein Keller- und ein Speicherraum dazu. Auf Toilette ging man eine halbe Treppe tiefer. Samstags war Badetag, erinnert sich Bernhard Hoffmann. Die Kinder – 1954 und 1958 kamen Bruder und Schwester dazu – wurden in eine Zinkbadewanne gesteckt. Die Eltern hatten die Möglichkeit, auf ihrer Arbeitsstelle ein Bad zu nehmen.

Einkaufen bei „Tante Emma" um die Ecke

Was die Welt der 50er- und den größten Teil der 60er-Jahre prägte, waren die kleinen Läden, in denen man alles kaufen konnte, was man zum Leben brauchte. Ohne lange Anlaufwege und stets mit persönlicher Bedienung. Ob Lebensmittel, Bäcker, Metzger, Obst- und Gemüseladen, Drogerie oder Schuhmacher – das gab's alles um die Ecke. Allein im Stadtteil Handschuhsheim existierten zehn Metzgereien und ebenso viele Bäckereien. Milch bekam man, aus einem Tank frisch in die mitgebrachte Milchkanne abgezapft, im Milchgeschäft. Das hielt auch Milch in Flaschen bereit, die es in weißem und braunem Glas gab. Die mit braunem Glas waren ein bisschen teurer, weil sie der Milch einen Lichtschutz boten. Verkauft wurde auch die „Blauer Heinrich" genannte, mit Wasser verdünnte Milch, die sich gut für das Herstellen von Dickmilch eignete.

Im Kolonialwarenladen der Familie Schindele in der Römerstaße 59 wurde Kaffee verkauft oder Salami und Schinken, die am Haken hingen, wie Bernhard Hoffmann erzählt. Wenn er beim Spielen draußen mal Durst hatte, ging er einfach zum Milchhändler Vierling, der ihm anstandslos einen Becher frischer, kühler Milch gab. Bezahlt wurde der beim nächsten Einkauf. Genauso lief es beim Bäcker ab, von dem er, wenn er mal Hunger hatte, eine Brezel erhielt. Im Schreibwarenladen von Fräulein Schreiber, die wirklich so hieß, in der

Hier gab's alles rund um die Milch: Die Milchhandlung Otto Schork in der Unteren Straße 9 im Jahr 1950.

Schröderstraße kaufte Heide-Marie Lauterer Zeitungen, um sich politisch zu informieren, und für ihre Mutter „Camelia"-Damenbinden, diskret in Zeitungspapier eingepackt. Dass der Strukturwandel im Einzelhandel auch vor Heidelberg nicht halt machte, zeigte sich an der Eröffnung erster Gödecke-Selbstbedienungsmärkte. Der Tante-Emma-Laden wurde zurückgedrängt, womit eine wichtige menschliche Kommunikationsquelle der Anonymität wich.

Straßen als Spielplätze

Bernhard Hoffmann mit dem Dreirad vor dem alten Hauptbahnhof.

In den 50er-Jahren konnten die Kinder häufig auf der Straße spielen, in der sie wohnten – Autos störten kaum, es gab einfach nicht so viele. Ein Kleinwagen kostete 1950 zwischen 3.300 und 5.000 DM je nach Fahrzeugtyp, was für den Normalbürger mit einem monatlichen Durchschnittsverdienst von etwa 300 Mark nicht gerade erschwinglich war. Die Albert-Mays-Straße in der Weststadt, in der Wilhelm Dorrinck mit seiner Familie wohnte, war für den Jungen ein echter Spielplatz, wo er mit Nachbarskindern Verstecken, Völkerball oder „Klickerles", wie man die Ton- oder Glasmurmeln nannte, spielte. Anwohner der Straße schauten ihnen aus ihren Fenstern zu, sodass sie stets in „Obhut" waren. Auch der nahe gelegene Wilhelmsplatz war ein häufiger Treffpunkt, hier war „Käserles", ein Spiel mit Steinen, sehr beliebt. Dabei ging es darum, mit dem eigenen Stein aus einer gewissen Entfernung einen anderen Stein „abzuschießen".

Rollschuhe mit Lederriemen

Mit ihren Freundinnen spielte Ingeborg Salomon im Hof ihres Wohnhauses, wo eine Teppichklopfstange Gelegenheit zum Turnen bot, oder lief Rollschuhe auf der Straße. Dazu musste aber die Mutter immer erst von der Wohnung im 4. Stock runterkommen, um ihr die Rollschuhe mit einem Lederriemen an die Schuhe anzuschnallen, was etwas aufwendig war.

Wenn man sich drinnen traf, kamen die Freundinnen zu ihr, da sie als Einzelkind ein eigenes Zimmer hatte. Die Mädchen spielten Kasperletheater, Puppenstube oder Kaufladen, in dem es alles, was so dazugehört, en miniature gab: Verpackungen von Waren, Flaschen, Regale mit Schubladen oder die Registrierkasse.

Ein 10-Jähriger „Steinzeitmensch“: Gerhard Genthner mit Perücke beim Festzug des Stadtteils Handschuhsheim 1965.

Große Abenteuer

Dass ein großer Teil der Fläche Heidelbergs aus Wald besteht, bedeutete für die Kinder der Stadt ein ganz besonderes Spielvergnügen. Zwischen Bergstraße und Mönchberghütte, erinnert sich der in Neuenheim aufgewachsene Dieter Nuzinger, mimte man am liebsten Wildwest, entweder als Cowboy oder als Indianer, Marterpfahl inbegriffen. Auch die Weststädter Kinder fanden im Wald oberhalb ihres Stadtteils ein herrliches Revier vor für Räuber-und-Gendarm-Spiele, das Schaufeln von Gruben oder das Klettern auf Bäume, wie Wilhelm Dorrinck erzählt. Geld für irgendwelches Spielzeug hatten ja nicht alle Familien, also suchte und fand man Erlebnisse draußen vor der Haustür.

„Der Schütz kommt!“

Auf dem Danteplatz, wo es einen großen Sandkasten und zwei Holzwippen gab, spielten die Jungen Fußball, obwohl das dort eigentlich verboten war. Deshalb musste einer aufpassen, ob der „Schütz“ vorbeikam, erinnert sich Bernhard

Strenger Gesetzeshüter: Weil Sohn Bernhard vorne auf dem Tank seines Motorrads sitzt, kassiert Vater Hoffmann in Rohrbach Markt ein Knöllchen.

Hoffmann. Gemeint war eigentlich der Feldschütz, der die Aufsicht über die landwirtschaftlichen Felder rund um Heidelberg, aber eben auch über die Spielplätze hatte, um das Fußballverbot zu überwachen. Wenn also der Ruf ertönte „Der Schütz kommt!“, wussten die Jungs, was zu tun war: den Ball sichern und in die Hinterhöfe flüchten.

Erster Schultag 1964: Ingeborg ganz schick im roten Samtkleid.

Zuckertüte und Lederranzen

Aufregend – so erinnert Heide-Marie Lauterer ihren ersten Schultag. Der ungeliebte Kindergarten war endlich vorbei, für die Erstklässlerin an der Mönchhofschule im Stadtteil Neuenheim gab es eine Zuckertüte und einen Schulranzen aus Leder.

Einschulung 1953: Dieter Nuzinger mit der Zuckertüte vor der elterlichen Wohnung in der Moltkestraße 7, gleichzeitig Büro der Tanzschule Nuzinger-Schramm.

Gruppenfoto der 1. Klasse in der Mönchhofschule mit Klassenlehrer Fischer.

Die erste Klasse der Volksschule Wieblingen mit Klassenlehrerin Fräulein Schaub.

Am Anfang saß sie neben ihrem Mitschüler Siegfried, doch als dieser ihr einen Tintenklecks auf ihr Heft gemacht hatte und sie das zu Hause zeigte, wurde er auf die Bubenseite der Klasse versetzt. Auch Dieter Nuzinger, der die gleiche Volksschule besuchte, kann sich gut an die mit Süßigkeiten und Schreibmaterialien gefüllte Zuckertüte erinnern. Auf den ersten Schultag hatte er sich gefreut, da er zu diesem Zeitpunkt bereits gut lesen und schreiben konnte.

Mit dem Klassenlehrer Herrn Fischer, einem gütigen und freundlichen Mann, der aufgrund seines Aussehens despektierlich „Herr Fröscher" genannt wurde, unternahmen die Kinder regelmäßig Ausflüge in die nähere Umgebung. Dabei erfuhren sie Interessantes über die Lokalgeschichte, zum Beispiel über die Vergangenheit des Mönchhofs und der alten Johanneskirche auf dem Marktplatz. Besonders beeindruckte den Jungen, dass der nahe Maulbeerweg seinen Namen von den dort stehenden (und heute noch vorhandenen) Bäumen hat und es an diesem Ort früher Seidenspinnereien gab.

Wir Erstklässler waren fleißig. Dieter Nuzinger 1953.

Chronik

1955 – 1959

Sommer 1955
Fertigstellung der amerikanischen Siedlung Patrick-Henry-Village beim Hegenichhof für 8000 Menschen.

Mai 1957
William Somerset Maugham besucht Heidelberg.

4. Juli 1957
Das Ristorante „Pizza Italia“ in der Karlsruher Straße wird als erstes italienisches Restaurant in Heidelberg eröffnet.

Oktober 1957
In Heidelberg besitzen 3020 Personen einen Fernsehapparat.

22. Juni 1958
Oberbürgermeisterwahl, 2. Wahlgang: Robert Weber (SPD), mit 54,7 % zum OB gewählt, amtiert bis 1966.

10. April 1959
Am Synagogenplatz wird eine Gedenktafel zur Erinnerung an die Synagoge, die 1938 niedergebrannt wurde, übergeben.

1959
Uraufführung des Ernst-Marischka-Films „Alt Heidelberg“ mit Sabine Sinjen, Christian Wolff, Rudolf Vogel und Gert Fröbe im Schloß-Kino mit Standkonzert am Bismarckplatz, Sonderstempel im Sonderpostamt, Eintrag ins Goldene Buch der Stadt und Rundfahrt der Künstler in Equipagen.

1959
Das Modehaus Kraus erhält die erste Rolltreppe Heidelbergs.

1959
Umbau des Bismarckplatzes. Die 1925 errichteten Arkaden als Unterstand für Fahrgäste werden zerstört. Die Geschäfte werden zum Seegarten verlegt.

1959
Studenten der Universität Heidelberg gründen das Kabarett „bügelbrett“ (künstlerische Leitung ab 1961: Hannelore Kaub).

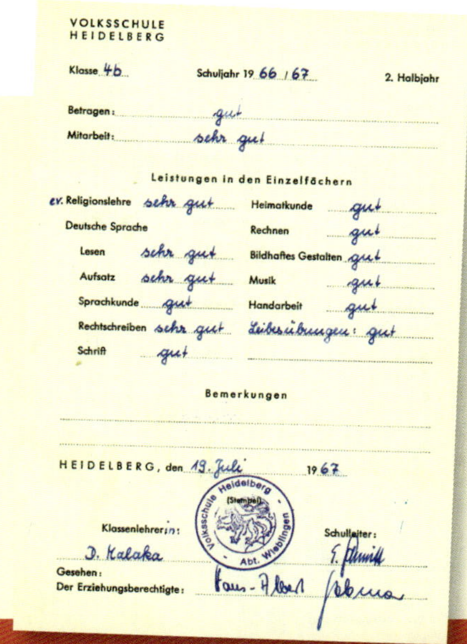

VOLKSSCHULE
HEIDELBERG

Klasse 4b Schuljahr 19 66 / 67 2. Halbjahr

Betragen: gut
Mitarbeit: sehr gut

Leistungen in den Einzelfächern

ev. Religionslehre	sehr gut	Heimatkunde	gut
Deutsche Sprache		Rechnen	gut
Lesen	sehr gut	Bildhaftes Gestalten	gut
Aufsatz	sehr gut	Musik	gut
Sprachkunde	gut	Handarbeit	gut
Rechtschreiben	sehr gut	Leibesübungen:	gut
Schrift	gut		

Bemerkungen

HEIDELBERG, den 19. Juli 1967

Volksschule Heidelberg (Stempel) Abt. Wieblingen

Klassenlehrer*in*: D. Kalaka

Schulleiter:

Gesehen:
Der Erziehungsberechtigte:

Nur gute bis sehr gute Noten: Ingeborg Salomons Volksschullehrer hatten nichts auszusetzen.

„Der Kaiser schickt seine Soldaten aus“

In Dieter Nunzingers Klasse waren etwa 35 Jungs, unter denen sich verschiedene „Cliquen“ bildeten.
Er selbst hatte drei oder vier Freunde, mit denen er den kurzen Heimweg teilte. In den großen Pausen waren Mannschaftsspiele beliebt, zum Beispiel „Der Kaiser schickt seine Soldaten aus“, auch als „Kettenbrechen“ bekannt. Dabei werden zwei Gruppen gebildet, die jeweils einen Kaiser wählen und deren Spieler sich in Absperrketten aufstellen, die von der Gegenpartei durchbrochen werden müssen. Da er selbst recht kräftig und sportlich war, machte Dieter bei dem Spiel gerne mit.

Wenn man ein guter Schüler ist, hat man wenig Probleme mit den Lehrern, weiß Gerhard Genthner aus eigener

Unter der Schiefertafel: Mädchen und Jungen in der Heiligenberg-Grundschule.

Erfahrung aus seiner Volksschulzeit in der Heiligenbergschule in Handschuhsheim. Probleme hatten dafür andere Schulkinder, wenn sie zum Beispiel etwas angestellt oder die Hausaufgaben nicht gemacht hatten. Dann nahm die strenge Lehrerin schon mal den Rohrstock zur Hand.
Ein „Erziehungsmittel", das an vielen Schulen von einzelnen Lehrkräften praktiziert wurde. Es gab aber auch Schulen, wo autoritäre Methoden gar nicht nötig waren. Das erzählt Ingeborg Salomon von ihrer Klasse in der Volksschule Wieblingen (heute Fröbelschule), die aus braven, angepassten Mädchen bestand, mit denen die freundliche Klassenlehrerin keine Probleme hatte. In das Rechnen wurden die fleißigen Schülerinnen mit einem Klötzchen-Modell eingeführt, in die Schreibschrift mit Schwungübungen, die in einzelne Buchstaben und Worte übergingen.

Mädchen und Jungen getrennt

Bernhard Hoffmann ging gerne zur Schule, in diesem Fall die Landhausschule in der Weststadt, in der Jungen und Mädchen in separierten, aber miteinander verbundenen Gebäuden unterrichtet wurden. Der Schulhof war durch einen Holzzaun getrennt, in dem sich eine Tür befand. Lediglich die Turnhalle stand hälftig auf „Mädchen- und Bubenseite" ohne innere Trennung, jedoch mit eigenen Zugängen von beiden Seiten. In der Schule gab es einen Filmkeller, in dem die Lehrerin Fräulein Becker den Kindern in der ersten und zweiten Klasse an Mittwochnachmittagen häufig Märchenfilme im 16-mm-Format zeigte.

Ein anderer Lehrer, Herr Bräunling, galt als Repräsentant des vorherigen Regimes und war mit dem Rohrstock schnell zur Hand. Das pädagogische Gegenstück, erzählt Hoffmann, war Rektor Zipse. Streng in dem Sinne, dass er einiges von den Schülern verlangte, aber stets gerecht und bei entsprechendem

Anlass auch Lob verteilend. Die soziale Herkunft seiner Schüler spielte für ihn keine Rolle: Als ein neuer Klassenkamerad, dessen Vater Professor war, im Sommer barfuß in die Schule kam, machte er ihm klar, dass das nicht geht. Wenn die Klasse morgens die erste Stunde bei ihm hatte, spielte Herr Zipse ein Lied auf seiner Geige und die Schüler begleiteten ihn mit ihrem Gesang.

Die Hexe Jetta

In der dritten Klasse unterrichtete Herr Werner, ein Junglehrer, Rechnen und Heimatkunde. Vor allem im letzteren Fach konnte er die ganze Klasse begeistern – wenn er zum Beispiel von der Hexe Jetta erzählte, die der Sage nach oberhalb des Heidelberger Schlosses im Wald wohnte, wo sich heute die Molkenkur befindet. Aus Wut darüber, dass sie nicht in das Schloss hineindurfte, soll sie in den eisernen Klopfring an der Pforte im schweren Holztor des Torturms gebissen haben. Eine kleine Vertiefung in dem Eisen blieb davon zurück. Der befähigte Pädagoge zeigte den Schülern das Kurpfälzische Museum oder regte sie dazu an, Zeitung zu lesen und das, was sie interessierte, auszuschneiden und aufzuheben. Zum Beispiel Berichte über die alte Gaslaternen in den Straßen und öffentliche Briefkästen in der Weststadt, die zum Teil bereits abgebaut worden waren.

Blutsbrüderschaft

Im Neuenheimer Feld, wo heute Klinik- und Universitätsbauten stehen, befanden sich Baugruben und Wiesen mit Obstbäumen – ein idealer Spielort für Kinder. Unter ihnen war Heide-Marie Lauterer, die mit ihren beiden Freundinnen einen „Club" bildete, in dem sich jeder einen Namen gab: Schlauer Fuchs, Flinkes Wiesel und Fleißiger Biber. Zur Besiegelung ewiger Freundschaft wurde „Blutsbrüderschaft" geschlossen. Die Mädchen ritzten sich die Fingerkuppen ein wenig auf und legten sie aufeinander – das verband für immer.

Das Neuenheimer Feld war ein idealer Spielort, auch als die Bebauung mit Einrichtungen der Universität begann.

Ein anderer echter Abenteuerspielplatz war zeitweise die Villa Landfried in der Neuenheimer Mönchhofstraße 29. Das alte Gebäude, das in einem zauberhaften Park mit alten Kastanienbäumen lag – die Rosskastanien wurden von den Kindern gesammelt und zum Zoo gebracht –, stand schon lange leer. Zusammen mit einer „Bande“ von Jungen und Mädchen aus der Nachbarschaft, erzählt Heide-Marie Lauterer, kletterte sie über die Mauer und erforschte das Gelände. Natürlich war es verboten, dort herumzustromern, aber das machte den Spielplatz natürlich gerade verlockend. Man war halt vorsichtig, um nicht entdeckt zu werden. Eine Tür in der Villa war nicht abgeschlossen, sodass sie eines Tages auch in das Haus gelangte. Dort stand in einem großen Raum ein schwarzer Flügel. Für das kleine Mädchen schien alles verwunschen und zauberhaft. Doch irgendwann war dann die Tür abgeschlossen und der Zauber beendet. Dafür blieb ihr eine eigene kleine Welt im Reiterverein in der Nähe des Heidelberger Zoos, wo sie regelmäßig Reitstunden nahm.

Erwischt vom Schlossaufseher

Für Gerhild Michel, deren Familie am Schlossberg wohnte, war das jahrhundertealte Schloss ihr Abenteuerspielplatz: Mit anderen Kindern kletterte oder kroch sie in jedes Fenster oder Loch – heute alle vergittert –, um mit Taschenlampe und Seil das Innere zu erkunden, zum Beispiel die Kasematten. Man wollte den geheimnisvollen unterirdischen Gang zum Neckar entdecken, den es angeblich gab, aber den man nie fand. Einmal wurden sie von einem Aufseher erwischt, der sie danach durch verschiedene Türen, zu denen er Schlüssel an einem

Das Schloss war unser Spielplatz.

wunderbaren großen Schlüsselbund hatte, in sein Büro führte. Die Sache ging glimpflich aus. Es sollte eine Verwarnung an Eltern und Schule kommen, aber es geschah nichts. So genossen die Kinder ihre Freiheit ohne kontrollierende „Helikopter-Eltern", die ihr Leben hätten einengen können.

Von der Polizei vom Baum geholt

Mutter und Sohn Hoffmann im Sonntagsstaat auf dem Danteplatz.

Kein Baum war vor ihren Kletterambitionen sicher, auch nicht in fremden Gärten – vor allem, wenn die Kirschen reif waren. Einmal, erzählt Gerhild Michel, wollten sie sich in einer schönen großen Eibe, die an der Grenze zum Nachbarn stand, eine Baumburg bauen. Bretter und Schnüre waren bereits nach oben geschafft, als sie vom Hausmeister des betreffenden Grundstücks entdeckt wurden. Er hielt sie für Einbrecher, die oben im Baum die Nacht abwarten wollten, und benachrichtigte die Polizei, die sich der Sache annahm. Am Ende kamen zwei kleine Mädchen mit Zöpfen und in Lederhosen vom Baum herunter. Die abenteuerliche Geschichte schrieb ihre Freundin auf und schickte sie an die Kinderseite der Rhein-Neckar-Zeitung, wo sie sogar veröffentlicht wurde. Als „Honorar" gab es eine Tafel Schokolade.

Sprüche fürs Leben im Poesiealbum

Als Mädchen legte man sich ein Poesiealbum zu oder bekam es geschenkt: ein sehr persönliches, zum Teil mit einem kleinen Schlüssel verschließbares Büchlein, das sich nach und nach mit Eintragungen der Eltern, Geschwister und anderer Verwandter sowie von Freundinnen, Lehrern und Mitschülerinnen füllte – auf das Sammeln kam es an. Manche klebten bunte, glitzernde Bilder neben die Texte oder sorgten auf andere Weise für eine mehr oder weniger künstlerische Verzierung. Die eingeschriebenen Worte oder Zitate sollten dem Albumbesitzer etwas „fürs Leben" mitgeben. Das war mitunter leicht abgegriffen und recht tugendhaft, manche Sprüche kamen sogar mehrmals vor.

„Blühe auf …“: Was eine Freundin in das Poesiealbum von Ingeborg Salomon schrieb.

Als Ingeborg Salomon acht Jahre alt war, bekam auch sie ein Poesiealbum – so wie alle anderen Mädchen, die sie kannte, es gehörte einfach „dazu“. Am 8. November 1965 trug sich ihre Freundin, die Bäckerstochter Birgit W., mit dem Spruch ein: „Blühe auf wie ein Veilchen im Moose, sittsam, bescheiden und fein, und nicht wie die stolze Rose, die immer bewundert will sein.“ So stellte man sich eben in dieser Zeit das Idealbild eines Mädchens vor.

Mit dem Vater aufs Feld

Schon als Kind fuhr Gerhard Genthner mit dem Vater raus aufs Feld. Am Rand des Stadtteils Handschuhsheim hatte dieser so wie auch andere „Hendsemer“ einen landwirtschaftlichen Betrieb, in dem Gemüse und Obst angebaut wurden. Zusammen mit seinen drei Geschwistern beteiligte er sich an einfachen Tätigkeiten, später arbeiteten alle richtig mit. Mit zehn Jahren fuhr er bereits Traktor. Im väterlichen Betrieb wurden vor allem Tomaten (Verkaufspreis in der Saison: das Pfund für sieben Pfennig) und Bohnen angebaut, später lag der Schwerpunkt eher beim Obstbau, weil der mehr einbrachte: Zwetschgen, Mirabellen, Kirschen, Spalierobst. Wenn er Kirschen pflückte, erinnert sich Genthner, stand sein Kofferradio unter den sechs bis sieben Meter hohen Bäumen. So konnte er den ganzen Tag beim Ernten Musik und Nachrichten hören, vor allem SWF 1, den damaligen Südwestfunk. Einen guten Teil seiner Kindheit

Pflügen des Feldes nach alter Art.

Mit dem Anhänger unterwegs: Gerhard Genthner mit Geschwistern, Cousinen und Cousins vor einem der ältesten Bauernanwesen Neuenheims in der Lutherstraße.

– da allerdings mehr spielend – und seiner Jugend verbrachte er somit bei der Feldarbeit. Wenn dann im Sommer seine Kumpels fröhlich ins Tiergartenschwimmbad fuhren, war das für ihn nicht so lustig.

Die letzte Kuh

Die Verhältnisse zu Hause waren einfach. Ein Badezimmer gab es nicht, gebadet wurde in einer Zinkwanne, wobei ein Stück Kernseife die Körperreinigung unterstützte. Ein großer Herd in der Küche wurde mit Holz beheizt, so wie auch alle anderen Zimmer. Durch den eigenen landwirtschaftlichen Betrieb mit einer Kuh und zwei Schweinen war die Familie Selbstversorger. Als die Kuh 1963 aus wirtschaftlichen Gründen verkauft wurde, titelte die Rhein-Neckar-Zeitung: „Die letzte Kuh verlässt Handschuhsheim."

In seiner freien Zeit, erzählt Genthner, war er mit seiner Freundesclique zusammen, in der sich alle seit dem Kindergarten kannten. Man traf sich in der Jungschar der evangelischen Friedenskirchengemeinde, spielte Tischtennis oder unternahm Nachtwanderungen in den Wald. Jeder in der Clique wurde mit einem Spitznamen belegt. Daher hieß der Keller, der (bis heute) jeden letzten Freitag im Monat zum Treffpunkt wurde, in Verballhornung des Namens Thomas „Omas Keller".

1963 verließ die letzte Kuh diesen Stall. Die Tierhaltung lohnte sich nicht mehr.

Prominente Heidelberger

Nico Hofmann
(* 4. Dezember 1959 in Heidelberg)
Regisseur und Filmproduzent, TV-Produktionen wie „Dresden“ (2006) oder „Unsere Mütter, unsere Väter“ (2013), seit 2017 „Charité“-Serie über das gleichnamige Berliner Krankenhaus.

Wolfgang Ketterle
(* 21. Oktober 1957 in Heidelberg)
Physiker und Hochschullehrer, 2001 Nobelpreis für Physik, seit 1990 in den USA, heute John-D.-MacArthur-Lehrstuhl für Physik am Massachusetts Institute of Technology (MIT).

Hans-Dieter „Hansi“ Flick
(* 24. Februar 1965 in Heidelberg)
Fußballspieler beim FC Bayern München und beim 1. FC Köln, Trainer u. a. des FC Victoria Bammental, der TSG Hoffenheim und des FC Bayern München, Assistent von Bundestrainer Joachim Löw bei der DFB-Elf, seit 2021 Bundestrainer der deutschen Fußballnationalmannschaft.

Der Grafiker Klaus Staeck.

Klaus Staeck
(* 28. Februar 1938 in Pulsnitz)
Grafikdesigner und Karikaturist in der Tradition John Heartfields, Rechtsanwalt, 2006 bis 2015 Präsident der Akademie der Künste in Berlin.

Königin Silvia von Schweden 2018.

Königin Silvia von Schweden
(* 23. Dezember 1943 in Heidelberg als Silvia Renate Sommerlath)
Dolmetscherin, 1976 Hochzeit mit König Carl XVI. Gustaf von Schweden, am längsten amtierende Königin Schwedens.

Reinhard Karl
(* 3. November 1946 in Heidelberg)
Bergsteiger, Fotograf und Schriftsteller, 1978 als erster Deutscher in einer Seilschaft mit Oswald Oelz auf dem Gipfel des Mount Everest.

Götz Werner
(* 5. Februar 1944 in Heidelberg)
Unternehmer und Gründer der Drogeriemarktkette „dm“, größter Drogeriekonzern Europas.

Dietmar Hopp
(* 26. April 1940 in Heidelberg)
Mitgründer des größten europäischen und weltweit drittgrößten börsennotierten Softwareunternehmens SAP und Mäzen, gehört zu den 20 reichsten Einzelpersonen in Deutschland.

Hubert Burda
(* 9. Februar 1940 in Heidelberg)
Verleger des gleichnamigen Verlags, heute Hubert Burda Media, die unter anderem „Bunte“, „Focus“ und „Superillu“ herausgibt.

Wintervergnügen 1962: Mit dem Traktor als „Zugpferd“ über das Handschuhsheimer Feld.

Neckarwiese und Neckareis

Wenn der Sommer nach Heidelberg kam, war für viele, vor allem diejenigen, die zu Hause keinen Garten hatten, die Neckarwiese ein beliebter Treffpunkt. Zum Schwimmen ging man, wie Ingeborg Salomon mit ihrer Mutter, ins Tiergartenschwimmbad. Danach gab es manchmal zur Abrundung des schönen Tages ein Eis in einer der Eisdielen der Stadt. Dieter Nuzinger erinnert sich an das „Nachspringen über Eck“ als das Hauptvergnügen im Freibad – bis der Bademeister kam. Dieser störte auch „Annäherungsversuche“ zwischen Jungs und Mädchen mit dem berüchtigten Ruf: „Raus aus der Hecke!“

Im Winter genossen die Kinder und Jugendlichen Rodelfreuden auf dem oberhalb der Altstadt gelegenen Kohlhof, der durch seine Höhenlage von über 430 Metern ü. NHN den erforderlichen Schnee lieferte. Wer Skier besaß, konnte von der Kohlhofwiese sogar bis hinunter in die Stadt fahren. Als Mitglied einer bäuerlichen Familie erlebte Gerhard Genthner den Winter auf eine ganz besondere Art. Wenn Schnee lag, spannte sein Vater den Schlitten der Kinder hinter seinen Traktor und los ging die Fahrt über die Handschuhsheimer Felder. Manchmal baute man einen Vidererbob und sauste damit die damals nicht abgestreute Mühltalstraße hinunter bis zum Alten Rathaus.

Im Pferdeschlitten über den Fluss

Als 1963 der Neckar zum letzten Mal vollständig zugefroren war, spannte Genthners Opa den Pferdeschlitten an und alle glitten über das Eis auf dem Fluss – ein exklusives Vergnügen. Auch Bernhard Hoffmann erlebte als Kind den zugefrorenen Neckar. Mit dem Kinderwagen, in dem sein jüngerer Bruder saß, fuhr man über das Eis. Sogar Autos überquerten von der Stadthalle aus den Fluss, erinnert er sich. Auch wenn der Neckar mal nicht (oder nicht mehr) zur Eisbahn wurde, mussten die Heidelberger Kinder und Jugendlichen nicht auf eine solche

Altherrenausflug: Mit dem Pferdeschlitten 1962 über die Neckarwiese und den zugefrorenen Fluss.

verzichten. Bei entsprechenden Temperaturen wässerte die Stadtverwaltung einfach die Neckarwiese, und schon bald konnte man auf Schlittschuhen, die wie die Rollschuhe umgeschnallt werden mussten, seine Kreise ziehen, erzählt Gerhild Michel. Das war ein richtiges „Halligalli", ergänzt Heide-Marie Lauterer.

Schwimmen schlug Geräteturnen

Mehr als das Üben der Etüden von Czerny und Bartók im Klavierunterricht, den sie mit 12 wieder aufgab, lag Ingeborg Salomon das Schwimmen: Sie lernte es im Alten Hallenbad in der Bergheimer Straße, einem wunderbaren Jugendstilbad mit Wasserspeier und kunstvollen Kachelgestaltungen. Jeden Donnerstag gab es im Damenbad einen Schwimmkurs, den sie zusammen mit drei Freundinnen besuchte. Die Eltern fuhren sie hin und gingen während der Dauer des Unterrichts etwas essen. Unten im Damenbad lagen mit Gummivorhängen ausgestattete Kabinen, wo sich die Erwachsenen umzogen, während es für die Kinder auf

Um den Jugendschwimmpass zu ergattern, mussten wir zehn Meter Streckentauchen. Das war nicht jedermanns Sache.

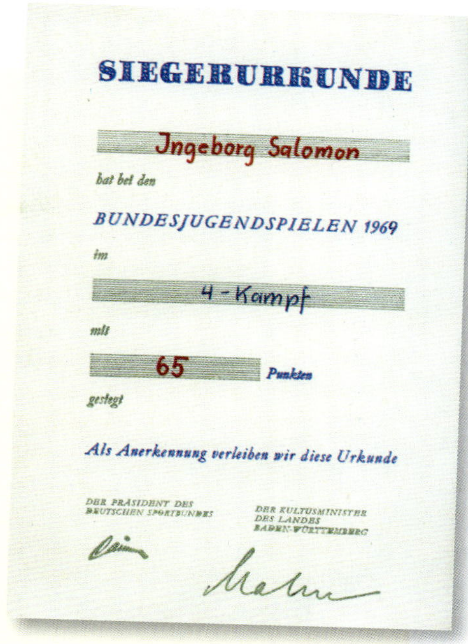

der Galerie Klappkisten gab, in die sie ihre Klamotten hineinlegten. Auch Bernhard Hoffmann lernte als Mitglied des Vereins „Freie Turner Heidelberg" im Alten Hallenbad das Schwimmen. Das konnte er im Sommer ausgiebig ausprobieren, wenn er an die Baggerseen der Umgebung, zum Beispiel an den „Rohrhof" bei Brühl, fuhr.

1966 machte Ingeborg Salomon als 9-Jährige ihren „Freischwimmer", später folgten der „Fahrtenschwimmer" und, als höchster Leistungsnachweis, der seinen Besitzer stolz machende „Jugendschwimmpass". Für den musste man zum Beispiel zehn Meter Streckentauchen – sie schaffte 13,10 Meter –, drei von sechs Ringen in maximal drei Tauchgängen in drei Minuten aus dem Becken heraufholen – sie brachte es auf vier Ringe – oder einen „Mutsprung" aus drei Metern Höhe absolvieren, was sie per Kopfsprung tat. Während sie das Schwimmen liebte, war ihr der Sportunterricht („Leibesübungen") in der Schule ein Graus, besonders das Geräteturnen. Im Sommer wurden, wie an anderen Schulen auch, die Bundesjugendspiele durchgeführt, die sie kaum mit Begeisterung erfüllten – sie empfand die Wettkampfveranstaltung als „Vorhof zur Hölle", der ihr die Freude an Bewegung für viele Jahre verdorben habe. Immerhin erreichte sie 65 Punkte im Vierkampf. Dafür gab es eine „Siegerurkunde".

„So leicht daneben"

Das Thadden-Gymnasium, an dem Heide-Marie Lauterer wie auch Ingeborg Salomon ihre Gymnasialzeit verbrachte, galt als liberal, was nicht zuletzt mit der Gründerin und Reformpädagogin Elisabeth von Thadden in Zusammenhang steht, einer NS-Widerstandskämpferin. Allerdings gab es manche Dinge in ihrer Schullaufbahn, die sie als „so leicht daneben" erinnert. Etwa ihren Erdkunde-Lehrer, der „grapschig" veranlagt war, schlüpfrige Bemerkungen gegenüber den Mädchen machte und komische Witze erzählte. Oder ihre Französischlehrerin, die, wenn sie die Schülerin an die Tafel rief, den Spruch vom Stapel ließ: „Los, beweg deinen Speck!" Das fand die so Angesprochene gar nicht lustig und erzählte es wie auch andere ihren Eltern. Die Konsequenz war, dass die Lehrerin

Ende der 50er-Jahre fuhren Straßenbahnen durch die enge, geschäftige Hauptstraße vom Bismarckplatz bis zum Karlstor.

durch eine andere ersetzt wurde. In deren Unterricht wurde Literatur wie „Die Prinzessin von Clèves" von Marie-Madeleine de La Fayette oder „Memoiren einer Tochter aus gutem Hause" von Simone de Beauvoir gelesen, worauf die Schülerin wieder Freude am Unterricht hatte und ihre Note im Fach Französisch sich von einer 4 auf eine 3 verbesserte.

Vergangenheitsbewältigung

Die NS-Zeit und der Holocaust waren an ihrem Gymnasium, so erinnert sich Heide-Marie Lauterer, kein großes Thema. In manchen Schulen wurden die Geschehnisse zwischen 1933 und 1945 schlicht ignoriert. Das Gegenteil erlebte Gerhild Michel, die am Hölderlin-Gymnasium von Marianne Meyer-Krahmer, der Tochter des von den Nationalsozialisten ermordeten Widerstandskämpfers Carl Goerdeler, im Fach Geschichte unterrichtet und von ihr geprägt wurde. Bei dieser Pädagogin und späteren Schulleiterin waren der Nationalsozialismus und die Verfolgung der Juden kein Thema, das verdrängt und verschwiegen werden durfte, sondern Teil der Geschichtsstunde, wie sie erzählt.

Der jüdische Friedhof auf dem Bergfriedhof heute.

Der Antikriegsfilm „Die Brücke" von 1959 beschäftigte uns. Hier die neue Florian-Geyer-Brücke in Cham, dem Drehort.

Schweigen in der Familie

Beharrlich geschwiegen über die Vergangenheit wurde dagegen in manchen Familien. Eine Ausnahme in dieser Hinsicht erlebte vermutlich Bernhard Hoffmann, dessen Mutter zu Hause von ihren Erlebnissen als Krankenschwester im Städtischen Krankenhaus Karlsruhe erzählte, auf dessen Gelände medizinische Versuche an sowjetischen Kriegsgefangenen durchgeführt wurden. Details des Kriegsgrauens wurden von dem Jungen aber weitgehend ferngehalten. Mit dem Vater, der mit den letzten deutschen Soldaten aus Stalingrad ausgeflogen wurde und 1945 in amerikanische Kriegsgefangenschaft geriet, sprach Hoffmann vor allem als Jugendlicher ausführlich über die Erfahrungen und Haltungen des Vaters während des Krieges. An ein nachdrückliches Erlebnis im Alter von 14 Jahren erinnert sich Gerhard Genthner. Er sah den vielfach ausgezeichneten Antikriegsfilm „Die Brücke" von Bernhard Wicki und spürte, wie das eine tiefe Angst vor dem Krieg in ihm auslöste.

Im Elternhaus von Heide-Marie Lauterer gab es einen ehemaligen Luftschutzkeller mit Panzertür und vergittertem Fenster, der nun als Weinkeller benutzt wurde. Als Schülerin – es war nach einer Geschichtsstunde – fragte sie ihren Vater, der als NS-Student bei „Sommerfreizeiten" im polnischen Lodz eingesetzt war: „Gell, du warst nicht bei der Hitlerjugend?" – „Natürlich", antwortete er, „wir waren alle in der HJ, ihr habt ja keine Ahnung." Mehr hat der von ihr als sehr verschlossen erlebte Vater zu diesem Thema nie erzählt, und auch in der übrigen Familie herrschte Schweigen. Nähere Hintergründe hat die Schriftstellerin erst viel später erforscht und literarisch aufgearbeitet.

„Erleuchtungsschläge“

Autoritäre Methoden, denen mit „sanfter“ Gewalt Nachdruck verliehen wurde, waren an den Schulen nicht ungewöhnlich. Es gab aber auch Vertreter der jüngeren Lehrergeneration, die den Begriff Pädagogik eher modern im Sinne einer wertschätzenden und respektvollen Haltung den jungen Menschen gegenüber verstanden. Wie Gerhard Genthner erzählt, unterrichteten am Bunsengymnasium in den 60er-Jahren mehr ältere Lehrer, die noch im Krieg gewesen waren. Er erlebte sie als eher autoritär.

Ein Englischlehrer zum Beispiel ging mit einem Holzlineal durch die Klassenreihen, um „Erleuchtungsschläge“ auszuteilen. Der Biologielehrer, der wegen seines weißen Kittels „Schimmel“ genannt wurde, rastete in einer Unterrichtsstunde einmal völlig aus und schlug einen Schüler auf den Rücken. Das Klima in der Klasse, erinnert er sich, war dadurch geprägt, dass auf Kosten der Schwächeren gelacht wurde. Gehasst hat er das Fach Sport. Am Anfang der Stunde mussten die Schüler in der 5. Klasse in Viererreihen antreten und der Sportlehrer erteilte mit der Trillerpfeife Kommandos. Besser wurde es erst, als er jüngere Lehrer bekam.

Schrullige Lehrer

Manche „Pauker“ bleiben den Schülern ein Leben lang in Erinnerung – aus ganz unterschiedlichen Gründen, positiven wie negativen, vor allem aber wegen manch schrulliger Züge. Am Bunsengymnasium, das er bis zur Mittleren Reife besuchte, hatte Dieter Nuzinger in Latein einen älteren, aus Ostpreußen stammenden Lehrer, der zu ihm, im entsprechenden Dialekt eingefärbt, zu sagen pflegte: „Wenn du nichts lernst, du Falott, dann mechtest du Straßenkehrer werden.“

Nüchtern wie sein Stoff war der Mathelehrer, während die Klassenlehrerin erotische Fantasien in dem jungen Mann entfachte – vielleicht der Grund dafür, dass er im von ihr unterrichteten Fach Deutsch so gut war. Manchmal stand als Vertretung der „Giftzwerg“ vor der Klasse, ein Mann napoleonischer (Körper-) Größe und Wirkung und stellvertretender Direktor. Er war der Vater eines heutigen Bundesrichters. Einer von Dieter Nuzingers Sportlehrern und zugleich sein Mentor war ein guter Tänzer. Später ist aus dem Schüler selbst ein Tanzsportler und Tanzlehrer geworden.

Waldparksiedlung Boxberg

Ein Stadtteil aus der Retorte

Wohnen in einem Landschaftspark auf 250 Metern Höhe mit weitem Blick in die Rheinebene – das wurde seit Beginn der 60er-Jahre für viele Tausende Heidelberger Bürgerinnen und Bürger auf dem Boxberg Wirklichkeit. In den frühen 50er-Jahren entstand die Idee einer Waldparksiedlung, wobei skandinavische Modelle Pate standen. 1957 wurde ein entsprechender Flächennutzungsplan für ein rund 54 Hektar großes Gebiet oberhalb des Stadtteils Rohrbach beschlossen. Früher weideten in dem quellenreichen Wald- und Wiesengelände Kuh-, Schweine- und Ziegenherden der Rohrbacher Bauern. Um so wenig wie möglich in das Landschaftsbild einzugreifen, wurden höhergeschossige Wohnungen in den Waldbereich und Einfamilienhäuser auf Wiesengrundstücke gebaut.

Die Stadt, die 1950 nicht mehr als 116.000 Einwohner zählte, reagierte mit dem Projekt auf die drängende Wohnungsnot: Der Zustrom von Flüchtlingen und Vertriebenen nach dem Krieg und die zunehmenden Studentenzahlen hatten zu einem starken Bevölkerungswachstum geführt. Im Jahr 1956 zählte man bereits fast 122.000 Einwohner. Hinzu kam, dass nach der Errichtung des Hauptquartiers der US-Armee in Europa in Rohrbach viele Amerikaner mit ihren Familien in der Stadt eine Bleibe suchten.

Preiswert sollten die modernen Wohnungen sein, in die im Oktober 1962 die ersten Mieter einzogen: Sie bezahlten Kaltmieten zwischen 1,72 und 2,41 Mark pro Quadratmeter. Eine Dreizimmerwohnung mit 68 Quadratmetern kostete beispielsweise zwischen 116,96 und 163,88 Mark kalt (das entspricht 59,80 bzw. 83,80 Euro). Damals verdiente ein Arbeiter in der Region rund

Richtfest für die Waldparksiedlung Boxberg 1962.

750 Mark monatlich (383,47 Euro).

Bei der Zuteilung der Wohnungen wurden Familien mit Kindern bevorzugt, womit der Boxberg zum kinderreichsten Stadtteil Heidelbergs wurde.

Für die Kinder war das im Entstehen befindliche Quartier ein aufregender Abenteuerspielplatz: Baustellen mit Erdhügeln, Kränen und Baggern, Baumfällaktionen, Straßen, die unbewohnt waren, oder noch nicht erschlossene Streuobstwiesen zum Klettern und Baumhausbauen. Für alles andere sorgte die Natur, die den Wald zum Bauen von Lagern bot oder die vielen Hänge und Hügel, auf denen im Winter gerodelt oder Ski gefahren wurde.

Die Infrastruktur des grünen Stadtteils entstand erst nach und nach. In zwei Pavillons startete 1963 der Schulbetrieb,

Weitere Hochhäuser in der Waldparksiedlung Boxberg sind fertiggestellt.

vier Jahre später wurde die Waldparkschule als Grund- und Hauptschule eingeweiht. Einkaufen musste man in der Anfangszeit in Rohrbach, wo sich „Im Kühlen Grund" das Lebensmittelgeschäft der Familie Kronauer befand. Die abschüssige Straße diente im ersten Jahr für den Bus- und Autoverkehr als Verbindung in die Kernstadt. Boxberger „Ureinwohner" erinnern sich an den Ruf des gestressten Busfahrers bei Straßenglätte im Winter, wenn es bergauf ging: „Alle Mann uff die Hinnerachs!"

Sigurd-Heftchen und Brausestäbchen am Kiosk

Nach der Schule traf man sich meist unter Gleichgesinnten am Kiosk von Herrn Müller an der Straßenbahnhaltestelle Kußmaulstraße. Der hatte neben prickelnden „Frigeo"-Brausestäbchen und „Capri"-Wassereis am Stiel die neuesten Heftchen von „Sigurd", dem Ritter mit der blonden Haartolle, und anderen Comic-Helden – und vor allem ein Herz für Schulkinder. Die Heftchen hatten ein praktisch-kleines Querformat, das im Schein einer Taschenlampe leicht unter der Bettdecke zu lesen war. Beliebt waren außerdem die wöchentlich erscheinenden „Perry Rhodan"-Heftromane aus der Science-Fiction-Welt.

Die weite Welt der Bücher

Kinder und Jugendliche der 50er- und 60er-Jahre versenkten sich in die zahlreichen Abenteuergeschichten von Karl May (ein Band kostete 2,70 Mark), in Mark Twains „Tom Sawyer" und „Huckleberry Finn" oder Enid Blytons „Fünf Freunde", in Erich Kästners „Das fliegende Klassenzimmer" oder in die Bildergeschichten des Comics-Pioniers Wilhelm Busch. Walt Disneys „Micky Maus"-Hefte oder Rolf

„Fünf Freunde“ kamen 2012 als Kinofilm auf die Leinwand.

Kaukas „Fix und Foxi“-Magazine durften natürlich nicht fehlen. Später interessierte man sich für Autoren wie Hermann Hesse, Max Frisch, Heinrich Böll oder Günter Grass. Das besondere Interesse Bernhard Hoffmanns galt politisch-historischen Büchern, etwa von Bernt Engelmann oder den sowjetischen Autoren Anton Semjonowitsch Makarenko und Nikolai Ostrowski.

Mädchen nahmen gerne „Pucki“-Bücher von Magda Trott in der Hand, zum Beispiel „Försters Pucki“ oder „Puckis erster Schritt ins Leben“. Beliebt war auch das „Nesthäkchen“ von Else Ury. Von dieser Reihe besaß Ingeborg Salomon, wie sie erzählt, alle zehn Bände. Was sie nicht selbst hatte, aber gerne kennenlernen wollte, lieh sie sich in der Stadtbücherei aus. In deren Zweigstelle im alten Wieblinger Rathaus war sie häufig Gast und konnte die stets freundliche Mitarbeiterin Irmgard Hoepke alles über Bücher fragen. Da sie keine Geschwister hatte, lag es nahe, dass sie zu einer richtigen Leseratte wurde. Noch am Abend las sie im Bett, bis die Mutter kam und das Licht ausmachte. Oft las ihr die Mutter vor, etwa zur Adventszeit aus „Die Familie Pfäffling“ von Agnes Sapper, zu Kerzenlicht und Plätzchen.

Halma oder Pfälzer Wald

Wenn die Familie abends zusammensaß, wurden Brettspiele wie Halma oder Mensch-ärgere-dich-nicht, Schach oder Dame ausgepackt. Monopoly und Karten standen ebenfalls auf der Spieleliste. An Wochenenden sowie in den Schulferien war für viele Familien Wandern angesagt. Es ging hinaus in den Pfälzer Wald oder den nahen Odenwald, wo Dieter Nuzinger nach wie vor fast alle Wanderwege zwischen Weinheim, Eberbach und Heidelberg kennt. Mit dem 1960 gekauften ersten Auto, einem VW-Käfer mit 34 PS und großem Rückfenster, startete die Familie von Bernhard Hoffmann ihre sonntäglichen Ausflüge. Nicht für alle war das Wochenendwandern ein herbeigesehntes Vergnügen, wie sich Ingeborg Salomon erinnert: Sie fand es nervig, weil sie lieber zu Hause bleiben und lesen wollte.

Konfirmation in Handschuhsheim: Evangelische Friedenskirche.

Konfirmation beim strengen Pfarrer

Ihre Konfirmation feierte Gerda Wallenwein in der Friedenskirche in Handschuhsheim, die in eine Nord- und eine Südpfarrei gegliedert ist. Eintönig verlief der Konfirmandenunterricht, in dem nur zugehört und auswendig gelernt wurde. Der Pfarrer, erinnert sie sich, war streng, und entsprechend verlief die Prüfung der Konfirmanden: Wer auf eine seiner Fragen antwortete, musste dazu aufstehen. In ihrem Elternhaus war die Konfirmation ein richtig großes Fest. Tagelang wurde vorher gebacken, um die Gäste zu bewirten. Nach der Konfirmation musste man noch zwei Jahre in die „Christenlehre" gehen.

Eine ganz andere Art von Hinführung zur „confirmatio", die ja auch den Eintritt ins kirchliche Erwachsenenleben bedeutet, erlebte indessen Dieter Nuzinger. Im Konfirmandenunterricht der Christengemeinschaft in deren Räumen in der Kußmaulstraße mit dem damaligen Pfarrer, Herrn Fried, ging es nicht um Glauben, sondern eher um eine kritische Auseinandersetzung mit den Religionen und um moralische und ethische Themen. Noch heute erinnert er sich an ein Verhaltensbeispiel des Pfarrers: Wenn dieser mit der Straßenbahn fuhr und der Schaffner nicht, wie damals üblich, vorbeikam, um den Fahrschein zu entwerten, zerriss er ihn selbst am Ende der Fahrt.

Geschenke zur Konfirmation gab es manchmal auch in Form von Münzen und Scheinen. So konnte sich Gerhard Genthner von dem Geld, das er zu seinem Fest bekam, sein erstes Mofa kaufen, eine „Vespa Ciao".

Chronik

1960 – 1964

22. August 1960
Rektor und Senat der Universität Heidelberg beschließen: „Die Universität erwartet, daß sich die Korporationen beim Farbentragen in der Öffentlichkeit Zurückhaltung auferlegen. Farben werden insbesondere nicht getragen auf dem Gelände der Universität und bei Veranstaltungen der Universität und der Studentenschaft."

13. Mai 1961
Der Vertrag zur Städtepartnerschaft zwischen Montpellier und Heidelberg wird von Maire François Delmas und Oberbürgermeister Robert Weber im Musée Fabre in Montpellier unterzeichnet.

31. Mai 1961
Akademischer Festakt zur 575-Jahrfeier der Universität in der Aula der Neuen Universität. Die Universität Heidelberg verleiht dem englischen Schriftsteller William Somerset Maugham die Würde eines Ehrensenators.

1. Juli 1961
Bezug des Menglerbaus in der Rohrbacher Straße 6-8/Kurfürsten-Anlage, erstes Wohnhochhaus in Heidelberg.

31. August 1961
Eröffnung des Kaufhauses Horten am Bismarckplatz (Architekturbüro Prof. Eiermann und Hilgers, Karlsruhe).

21. Januar 1962
Eugène Ionesco eröffnet die Ausstellung des Malers Maurice Henry im Graphischen Kabinett Dr. Hanna Grisebach, Karl-Ludwig-Straße 6.

1963
Der Heidelberger Physiker Hans Jensen erhält für die Entwicklung des Schalenmodells zur Erklärung der Stabilität von Atomkernen bei bestimmten Nukleonenzahlen den Nobelpreis für Physik.

28. Januar 1964
Die Landesregierung Baden-Württemberg errichtet die Stiftung Deutsches Krebsforschungszentrum. Erster Stiftungsbeauftragter wird der Heidelberger Chirurg Prof. Karl Heinrich Bauer.

Geld für die Familie mitverdienen

Nachdem Wilhelm Dorrinck die Volksschule mit der 8. Klasse beendet hatte, begann er eine Lehre als Bau- und Kunstschlosser in einer Schlosserei in der Handschuhsheimer Mühltalstraße. Der Besuch einer höheren Schule war aus finanziellen Gründen nicht möglich, da die Eltern geschieden waren und vom Vater keine oder nur wenig Unterstützung kam. Die Mutter musste zwei Kinder allein großziehen. Getreu dem Spruch „Das Handwerk hat schon immer den Mann ernährt, der es betreibt" verdiente er Geld für die Familie. Mit dem Fahrrad, das er sich selbst aus verschiedenen Teilen zusammengebaut hatte, fuhr er jeden Tag von der Weststadt zu seinem Lehrbetrieb und nur ausnahmsweise mit der „Bembel", wie man in Heidelberg die Straßenbahn nennt.

Von 7 bis 17 Uhr

Der Lehrbub musste all das machen, was die anderen nicht machen wollten, denn, so hieß es damals: „Lehrjahre sind keine Herrenjahre." Frühmorgens um 7 begann die Arbeit und endete, zumindest theoretisch, nachmittags um 5. Oftmals war er erst um 18 oder 19 Uhr mit allen Aufgaben fertig.

„Lehrjahre sind keine Herrenjahre" – mit dem Spruch und seinen Konsequenzen mussten Lehrlinge leben.

Selbst der Samstag war bis um 12 Uhr Arbeitstag, danach mussten die Lehrlinge aber die Werkstatt aufräumen und fegen. Wenn der Chef so gegen 14 Uhr vorbeikam und ihm irgendetwas nicht gefiel, erinnert sich Wilhelm Dorrinck, konnte es sein, dass das Aufräumen noch bis 16 Uhr ging. Im ersten Lehrjahr bekam er 6,50 Mark pro Woche, was sich dann auf 8,50 bzw. 10,50 Mark im zweiten und dritten Lehrjahr steigerte. Ausbezahlt wurde der Lohn samstags in bar und gleich bei der Mutter abgegeben, von der er ein wöchentliches Taschengeld von 2 Mark bekam.

Auch Bernhard Hoffmann begann als 14-Jähriger eine Lehre, die er als Maschinenschlosser in den Deutschen Woerner-Werken im Pfaffengrund absolvierte. Das mit den Lehrjahren, die keine Herrenjahre sind, wurde auch ihm vom Meister und den Gesellen vermittelt – meistens jedenfalls, wie er sich erinnert. Denn es gab da Unterschiede, die zum Beispiel vom Alter, der Intelligenz und dem beruflichen Können sowie der Lebenserfahrung der Lehrherren abhingen.

100 Mark im Monat

Nach dem Besuch der Höheren Handelsschule konnte Gerda Wallenwein ohne weitere Ausbildung gleich in das Berufsleben einsteigen. Im Alter von 15 Jahren begann sie als „Büroanfängerin" in einer chemisch-pharmazeutischen Fabrik in Heidelberg zu arbeiten. Ihr Monatsgehalt betrug 100 Mark. Eine 48-Stunden-Woche war die Regel, manchmal war sie sogar sonntags für zwei Stunden tätig. Wenn der Chef darum bat, sagte man besser nicht ab. Auch wenn normalerweise um 17 Uhr Feierabend war, hätte keine der Mitarbeiterinnen es gewagt, pünktlich nach Hause zu gehen, wenn es noch etwas zu tun gab. So verschob sich der Feierabend oft um eine halbe Stunde. Mehr als zwei Wochen Urlaub waren nicht drin, obwohl jugendlichen Arbeitnehmern nach dem Arbeitsschutzgesetz vier Wochen im Jahr zustanden.

Das Arbeitsgerät der Büroanfängerin war eine alte mechanische Schreibmaschine. Kopien wurden durch das Einlegen von Blaupapier angefertigt. Wenn sie mal bei einem Text zu viel radiert hatte, um einen Fehler zu korrigieren, erinnert sie sich, und der Chef es merkte – er hielt die geschriebene Seite gegen das Licht –, musste sie den Text erneut schreiben.

Allein unter 20 jungen Damen

Dieter Nuzinger war in seiner Klasse der Höheren Handelsschule, die er nach der Mittleren Reife besuchte, das einzige männliche Wesen unter etwa 20 jungen Damen, zu denen im Übrigen seine heutige Frau Dörte zählte. Herr Wolf, der Deutschlehrer, verwendete das Verhältnis der beiden zur Erklärung eines Stabreims: „Dörte und Dieter schmusen im Flieder." Bemerkenswert: Die Damen wählten Dieter zum Klassensprecher, Dörte zur Stellvertreterin.

Das Schulschwänzen wurde schwieriger als früher. Jeder musste mindestens drei Tage krank sein, damit es den Lehrern nicht auffiel. Wenn man morgens ins Café „Livio" in der Hauptstraße wollte, um einen „Schlot" – das war ein Schokoladeneis mit Sahne, serviert in einem hohen Glas, wobei die Sahne sofort in das Eis eingerührt wurde – zu genießen, war das gefährlich, weil dort auch Lehrer verkehrten. Deshalb war es hilfreich, dass zwei Ausgänge existierten, erzählt Nuzinger. Anschließend ging es zum Vormittagsfilmprogramm ins „Harmonie" oder „Lux" oder zu dritt mit dem Bruder, der ein Auto besaß, zum Bowling nach Mannheim.

Hahn im Korb: Klassenfoto der Höheren Handelsschule 1964 mit Dieter Nuzinger und den drei Lehrern.

Blumen für den Star: Gerhild Michel überreicht dem Schlagersänger und Schauspieler Freddy Quinn 1960 im Capitol-Kino einen großen Strauß.

Als die Nouvelle Vague ankam

Wir gingen gerne ins Kino und machten uns einen schönen Abend. Heidelberg bot eine echte Auswahl und forderte durch ihre Verteilung auf die einzelnen Stadtteile deren Bewohnern keine langen Wege ab. Da das Fernsehen zunächst nicht so verbreitet war, konnte das Kino seine Attraktivität ausspielen. In der „Kamera“ in der Brückenstraße, erinnert sich Gerhild Michel, lernte sie Filme der französischen Nouvelle Vague wie den Klassiker „Jules und Jim“ von François Truffaut kennen oder schaute sich die als Meisterwerk geltende Produktion „Die Kinder des Olymp“ von Marcel Carné an. Da ihr Vater Geschäftsführer im „Capitol“ in der Bergheimer Straße war, hat sie auch dort viele Filme gesehen und durfte einmal sogar Schlagerstar und Schauspieler Freddy Quinn nach einer Premiere einen Blumenstrauß überreichen.

Als sie im „Studio Europa“ in der Rohrbacher Straße den Dokumentarfilm „Mein Kampf“ von Erwin Leiser über die NS-Zeit gesehen hat, ist sie erschüttert. Bis dahin, erzählt sie, wurde sie noch nie so unmittelbar mit dem Thema des Nationalsozialismus und des Holocaust konfrontiert. Noch heute bekäme sie Gänsehaut, wenn sie an den Film denke.

„Rasierer-Sitz“

Im „Capitol“ gab es einen Jugendfilmring, wie sich Heide-Marie Lauterer erinnert, der nach der Schule „für ’n Appel und ’n Ei“ Monumentalschinken wie „Ben Hur“ oder „Lawrence von Arabien“ zeigte. Das „Apollo“ in der Ladenburger Straße war auf „Dick und Doof“-Filme spezialisiert, auch Charly Chaplin entzückte die Zuschauer. Als Weststädter Junge hatte es Wilhelm Dorrinck nicht weit zur „Kurbel“ in der Bahnhofstraße, wo es für 60 Pfennig eine Kinokarte für einen „Rasierer-Sitz“ in der ersten Reihe gab.

Ob es das „Gloria“, ältestes Kino der Stadt in der Hauptstraße, war oder das „Studio Fauler Pelz“ in der Zwingerstraße, das „Odeon“, ebenfalls in der

Hauptstraße, oder die „Regina-Lichtspiele“ in der Bergheimer Straße, das „Roxy“ in Kirchheim oder die „Rio-Lichtspiele“ in Ziegelhausen – Kinos gab es damals in Hülle und Fülle und sie sorgten dafür, dass der potenzielle Besucher erst einmal das Angebot studieren musste.

Konzert im Cave 54: Jazzmusiker Keith Smith im Oktober 1967.

Das „Cave 54“

Legendärer Jazz im Keller

Eine schmale Wendeltreppe führte hinab in ein Stück Heidelberger Unterwelt, das es in sich hatte: Im „Cave 54“ in der Krämergasse, einer der typischen schmalen Seitengassen der Altstadt, ging ab Mitte der 50er-Jahre die Post ab – für alle jungen Leute, die nach einer echten Alternative für das Ausgehen am Abend suchten. In einem alten Gewölbekeller, in dem zuvor Kohlen gebunkert wurden, gründeten Heidelberger Studenten im Februar 1954 den „Verein zur Förderung und Pflege studentischer Geselligkeit“. Darunter verstand man ein Angebot für Gespräche unter Freunden, die bei einem Glas Bier oder Wein gerne Live-Jazzmusik hörten – der älteste Studentenjazzclub Deutschlands war geboren.

Manchmal kamen die „Vereinsmitglieder“ sogar in den Genuss von Auftritten der Crème de la Crème der damaligen Jazzinterpreten: Louis Armstrong und Ella Fitzgerald, Dizzy Gillespie und Oscar Peterson, Don Ellis und Lionel Hampton kamen nach ihren Gastspielen in den Heidelberger US-Kasernen, die sie im Rahmen der Truppenbetreuung gaben, in die Altstadt und verbreiteten Glanz in dem urigen Kellerlokal, das in den Augen von Kennern ein fester Bestandteil der deutschen Jazzgeschichte wurde. Auch politisch engagierte Diskussionen, zum Beispiel über die NS-Zeit, sowie kritische Vorträge etwa von James Baldwin oder Thornton Wilder prägten damals das anspruchsvolle Profil des „Cave“. Fritz Rau, der spätere Konzert- und Tourneeveranstalter der Rolling Stones oder von Udo Lindenberg, war seinerzeit Kassenwart des Clubs und machte hier seine ersten Erfahrungen in der Branche.

Mit „Familie Meier“ im Stadtgarten-Casino

Unter den Tanzlokalen im damaligen Heidelberg war zum Beispiel das „Stadtgarten-Casino“ gegenüber dem Hotel Europäischer Hof beliebt. Dort verfügte die Freundesclique von Wilhelm Dorrinck, die sich „Familie Meier“ nannte, über einen Stammtisch, der von Mittwoch bis Samstag/Sonntag für sie reserviert war. Dafür sorgte der Empfangschef und bekam manchmal fünf Mark von den Freunden. An Wochenenden spielten, wie auch in anderen Lokalen, Tanzkapellen mit sechs bis acht Mann Besetzung. Außerdem gab es ein Programm unter dem Titel „Jekami“ (Jeder kann mitmachen), bei dem sich Amateure mit Beiträgen auf der Bühne ausprobieren konnten.

German Fräuleins

Die US-Garnison veranstaltete in der ehemaligen Großdeutschland-Kaserne in der Römerstraße, die bei den Amerikanern Campbell Barracks hieß, Tanzabende, unter anderem mit Square Dance. Dazu wurden, wie Wilhelm Dorrinck erzählt, er und andere junge Heidelberger extra mit Bussen von der damaligen Hauptpost in der Rohrbacher Straße abgeholt und nach der Veranstaltung zurückgebracht. Die Gäste sollten möglichst Mädchen mitbringen, damit die GIs Kontakte zu „German Fräuleins“ bekämen. Durch sein Zutun, mutmaßt Dorrinck, habe er wahrscheinlich viele deutsch-amerikanische Ehen gestiftet ...

Hoher Besuch in Heidelberg

Auge in Auge mit Kennedy

Es war der 27. Juni 1964: Robert Kennedy, Bruder des sieben Monate zuvor ermordeten amerikanischen Präsidenten John F. Kennedy, stattete Heidelberg einen Besuch ab und sollte vor dem Gebäude der Neuen Universität, mitten in der Altstadt, eine Rede halten. Ursula Bergmann studierte am Dolmetscher-Institut der Universität und wollte unbedingt dabei sein, wenn der charismatische US-Justizminister zu den Studenten und Bürgern der Stadt sprach. Sie erinnert sich genau an diesen Tag im Frühsommer, der für sie zu einem denkwürdigen Erlebnis werden sollte. Als sie am Universitätsplatz eintraf, war der schwarz von Menschen, die alle auf Kennedy warteten.
Natürlich wollte sie „Bobby“ aus der Nähe sehen, aber wie sollte das gehen? Zum vorderen Teil des Platzes, direkt vor dem

Zu Besuch in Heidelberg: Robert Kennedy gibt Autogramme auf der Alten Brücke.

Hörsaalgebäude der Neuen Universität, wo ein Rednerpult aufgebaut war, gab es kein Durchkommen. Die Leute standen bereits dicht an dicht, und sie hatte keine Lust, sich da durchzudrängeln. Ob man vielleicht vom Innenhof der Neuen Universität, der hinter dem Gebäude lag, irgendwie näher an das Geschehen gelangen konnte? Zu ihrer Überraschung kam sie tatsächlich unbehelligt durch das große schmiedeeiserne Tor in den Hof und von dort in das Foyer der Neuen Universität – die Türen waren nicht verschlossen, was sie bis heute wundert. An der breiten Treppe aus Marmorstufen, die hinauf zu den Hörsälen und weiter zur Aula führte, blieb sie stehen. Weit und breit war niemand zu sehen. Plötzlich hörte sie Stimmen von mehreren Menschen, die in dem weiten Treppenhaus und seinen Fluren einen starken Nachhall erzeugten. Im nächsten Moment, erinnert sich Ursula Bergmann, die heute Rühenbeck heißt, kam eine Gruppe von Herren angeregt plaudernd die Treppe hinunter. Als Erster, das erkannte sie sofort – Robert Kennedy. Er war auf dem Weg zu seiner Rede draußen vor der Universität, begleitet vom Rektor und mehreren anderen Personen. Die Gruppe kam näher und war jetzt etwa fünf Meter von ihr entfernt. Die Studentin starrte auf Kennedy, der sie wohl zu bemerken schien – wie auch zwei große Männer in dunklen Anzügen direkt hinter ihm, die alarmiert reagierten und mit ihren Händen blitzschnell in Richtung Hüfte griffen. Es waren seine Leibwächter.
Die Situation war brenzlig. Ursula Bergmann tat intuitiv das Richtige: Sie zeigte ihre Hände, indem sie klatschte. Die Leibwächter entspannten sich und Kennedy schenkte der jungen Frau ein strahlendes Lächeln, als er an ihr vorbeiging. Das blieb ihr unvergessen, genauso wie der Blick seiner auffallend blauen Augen.

Louis Armstrong
(1901-1971)

Satchmo

Im „Officers' Club" der Amerikaner trank Wilhelm Dorrinck seinen ersten Martini mit Olive – die Olive fand er allerdings schrecklich. Hier lernte er den berühmten Jazzmusiker Louis Armstrong persönlich kennen, der ihm anlässlich seines Besuchs in Heidelberg vorgestellt wurde. Er erinnert sich, wie „Satchmo" mit seiner unverwechselbaren Stimme zu ihm sagte: „Nice to meet you." Zu den Jazz-Livekonzerten ins „Cave 54" ging er eher selten. Als Angehöriger der Arbeiterjugend rangierte man, so das eigene Empfinden, etwas „unterhalb" der studentischen Jugend, die als „elitär" wahrgenommen wurde. Auch bei den Heidelberger Studentenverbindungen wurden manchmal Jazzabende veranstaltet. Und es gab den Heidelberger Jazzclub, bei dem Wilhelm Dorrinck Mitglied war, weil er damit zu den Konzerten in der Stadthalle durfte.

Party-Time im eigenen Zimmer

Auf ersten Partys im elterlichen Haus wurde getanzt, was man in der Tanzstunde bei Nuzinger gelernt hatte, oder man bewegte sich „frei" zu wilder Musik. Es gab Erdbeer- oder Waldmeisterbowle, dazu Salzstangen und Erdnüsse, erzählt Gerhild Michel. Seine erste Party erlebte Gerhard Genthner mit 14 gemeinsam mit Freunden im häuslichen Keller. Es waren Mädchen eingeladen, und getanzt wurde ebenfalls eher unkonventionell, nicht nach bestimmten Schrittfolgen. Vom Plattenspieler lief „Je t'aime ... moi non plus", der Skandal-Stöhn-Song von Jane Birkin und Serge Gainsbourg, der brave Bürger aufbrachte, aber bei jungen Leuten dafür umso beliebter war.

Jane Birkin und ihr Song „Je t'aime ... moi non plus" gehörte zu jeder Party.

Stones, Beatles und Pink Floyd

Heide-Marie Lauterer, deren Eltern bemüht waren, offen gegenüber den Bedürfnissen von Jugendlichen zu sein und dem Nachwuchs viele Freiheiten zu gewähren, erinnert sich an ihre ersten Partys im eigenen Zimmer. Getanzt wurde zur Musik der Rolling Stones und der Beatles, von Jethro Tull und Pink Floyd, von Bob Dylan und Donovan. „Beatmusik" nannte sich der zu Beginn der 60er-Jahre entwickelnde Stil, später sprach man von Rockmusik. Der Sound dieser Zeit prägte das Lebensgefühl einer ganzen Generation und schuf eine unvergänglich erscheinende Erinnerung: „The Last Time" und „Twist and Shout", „House of the Rising Sun" und „No Milk Today", „You Really Got Me" und „Good Vibrations", „Light My Fire" und „See Emily Play" hießen die Titel der heißen schwarzen Scheiben, die auf jeder Party auf dem Plattenteller lagen. Die erste Single-Platte, die sich Bernhard Hoffmann kaufte und auf seinem Dual-Plattenspieler mit Begeisterung hörte, war „Poupée de cire, poupée de son" von France Gall.

Blacks „Ganz in Weiß"

Die etwas Jüngeren schwärmten wie Ingeborg Salomon für den Schlagersänger Roy Black – für sie die „erste Liebe" –, der 1966 bei vor allem weiblichen Fans einen Riesenerfolg mit dem Titel „Ganz in Weiß" landete, präsentiert mit samtweicher Stimme und schmachtendem Honigkuchenpferd-Blick. Auch Udo Jürgens zählte zu ihren Favoriten. Hören konnte sie die Black, Jürgens & Co. vom Plattenspieler im elterlichen Wohnzimmer, der Teil einer Musiktruhe war, kombiniert mit einem Radio.

Roy Black kam 1966 groß raus – „Ganz in Weiß".

Café Burkardt in der Unteren Straße

Kaffee trinken bei Friedrich Ebert

Holzgetäfelte Wände, Tische und Stühle aus dem gleichen, dunkelbraun getönten Material: Im Café Burkardt in der Unteren Straße 27 fand sich der Gast – und tut es noch heute – in einer warmen Wohnzimmeratmosphäre wieder. Die im Hinterhof gelegene Backstube der „Brot- und Feinbäckerei Josef Burkardt" stellte einst das her, was im vorderen Ladentrakt von Stamm- und Laufkundschaft des Cafés erworben werden konnte – berühmt waren etwa die Nusshörnchen. Hinter dem Tresen standen, stets wohlfrisiert, die beiden freundlichen älteren Damen Burkardt – ihre Perücken waren offensichtlich – und gaben sozusagen die Visitenkarte des Geschäfts ab. Für jüngere Gäste sahen sie aus wie deren Großmütter und wurden liebevoll „Ladykillers" genannt.

Dass sich in der Unteren Straße 27 in einer lebendigen Koexistenz die Muße und ein Stück deutscher Geschichte begegnen, liegt an der Nachbarschaft des Cafés zum Gebäude in der Pfaffengasse 18: Vom gemeinsamen Innenhof führt eine schmale Holztreppe hinauf in die Geburtswohnung des großen Sohns der Stadt, Friedrich Ebert, der es vom gelernten Sattler zum ersten demokratisch gewählten Reichspräsidenten Deutschlands brachte. So kann man zuerst Kaffee trinken und anschließend die Ebert-Gedenkstätte besuchen. Oder umgekehrt.

Gemütlich wie im Wohnzimmer: das Café Burkardt in der Unteren Straße um 1960.

Das Bett, das schon besetzt war

Ein kleiner Zwischenfall bei einer ihrer frühen Partys ist Heide-Marie Lauterer im Gedächtnis haften geblieben. Ihr Zimmer lag neben dem ihres jüngeren Bruders, der mitfeierte, aber früher zu Bett gehen wollte. Leider war selbiges bereits besetzt – zwei der Partygäste hatten sich an diesen Ort zurückgezogen, um sich näherzukommen, und bei diesem wohl recht emotionalen Vorgang war das Bett zusammengekracht. Der Bruder verständigte den Vater, der im Schlafanzug ins Zimmer kam. Er tippte den beiden Bettgenossen lediglich auf die Schulter, bat sie, aufzustehen, damit er das Bett reparieren und der Bruder schlafen gehen konnte. Die Party lief unterdessen lustig weiter.

Die Sache mit dem Establishment

Als „Externe“ am Thadden-Internat lud Heide-Marie Lauterer häufig Schulfreundinnen zu sich nach Hause ein, die am Wochenende übernachten durften. Die Mutter backte dann immer einen tollen Kuchen. Einmal spannte eine ihrer Freundinnen ihr den damaligen Freund aus. Offen darüber geredet hat man aber nicht – das war zu jener Zeit einfach nicht üblich, zumindest wenn man wie sie einem Arbeitskreis von linken Schülern angehörte. Es galt der in der Studentenbewegung geprägte libertäre Spruch: „Wer zweimal mit derselben pennt, gehört schon zum Establishment.“

Tanzen lernte man bei Nuzinger

Natürlich gehörte das Lernen von Standard-Tanzschritten nach „klassischen“ Rhythmen mit zum Leben eines Jugendlichen – irgendwann war die Zeit reif zum Besuch der Tanzstunde, um sich für die gesellschaftlichen Konventionen fit zu machen. Da es „alle“ machten, konnte man sich kaum ausschließen, ganz abgesehen davon, dass die Eltern schon dafür sorgten. Ein kleiner versüßender Hintergedanke für die Jungen war, dass sie die Mädchen treffen konnten, die sie kannten – wahrscheinlich galt das auch umgekehrt.

In Heidelberg „ging man zu Nuzinger“, einer Tanzschule, die seit 1956 – nach diversen anderen Orten – in ihrem neuen Haus in der Endemannstraße in der

Der Stil der 50er-Jahre: die Empfangsbar der Tanzschule Nuzinger in der Endemannstraße.

Weststadt residierte und Generationen von jungen Leuten das Tanzen beibrachte. Vor Nuzinger existierten die Tanzschulen Gronbach in der Friedrich-Ebert-Anlage und von Pelchrzim in der Hauptstraße. Bei Nuzinger meldeten sich ganze Schulklassen an, wobei Mädchen aus dem Thadden-Gymnasium gerne mit jungen Männern aus Heidelberger Studentenverbindungen zusammenkamen.

Benimm dich!

Die erste Tanzstunde war als „Schritt-Stunde“ bekannt. Doch vorher wurden Damen und Herren getrennt voneinander über Umgangsformen und Regeln in der Tanzschule und im Alltag „unterrichtet“. Die Dame zum Beispiel erfährt, dass sie beim Sitzen die Beine nicht übereinanderschlägt, geschweige denn spreizt, sondern diese züchtig stets eng nebeneinander positioniert. Den Herren wurde

Der kleine Saal der Tanzschule Nuzinger in der Endemannstraße.

das richtige Auffordern der Dame beigebracht, aber auch Dinge zur Kleiderordnung, zum Beispiel dass man beim Aufstehen den mittleren Jacketknopf zu schließen hat. Ein selbst gedrehter 8-mm-Film veranschaulichte verschiedene Alltagssituationen mit falschem und richtigem Verhalten, etwa beim Ein- und Aussteigen in Auto oder Straßenbahn, im Kino, bei Einladungen, im Tanzcafé usw. Beide Geschlechter übten, wie man sich nach Aufruf seines Namens vor allen Anwesenden vorstellt.

Auf die Theorie folgte die Praxis. Dieter Nuzinger, damals 12-jähriger Sohn des Tanzschuleninhabers Alfred Nuzinger, erinnert sich, dass er die Falttür, die den großen Saal des Hauses in zwei Hälften unterteilte, öffnen durfte und damit die Trennung zwischen Damen und Herren aufgehoben war. Die Vorstellungsrunde begann, für die meisten eine hochnotpeinliche Angelegenheit. Das Auffordern „ihrer" Dame geriet für einige Herren zu einer echten Herausforderung: Nicht wenige kamen beim Spurt auf die Auserwählte auf dem glatten Parkett ins Rutschen und landeten der Länge nach zu Füßen von deren Nachbarin.

Tanzschuleninhaber Alfred und Luise Nuzinger bei einer Balleröffnung 1953.

Mit dem Blues fing alles an

Der erste Tanz, den man lernte, war der Blues – genau das Richtige für den Anfang, weil er leicht war und die Schritte der Partner seitlich gehen, man also dem anderen nicht auf die Füße treten kann. Mit „Hin – Pendel – Her – Pendel – Seit – Ran" wurde der Schritt „kommandiert". Alle hatten schweißnasse Hände und die Tanzlehrer wussten, dass man die Jungs nicht vorführen darf und dass die Mädchen ihnen wegen größerer Beweglichkeit überlegen waren. Getanzt wurde nach Rhythmen des Schlagersängers Bruce Low oder nach Gospelsongs. In der „Schritt-Stunde" lernte man, im Kreis herum aufrecht zu gehen, zu „schreiten", um ein Bewusstsein für den eigenen Körper zu entwickeln.

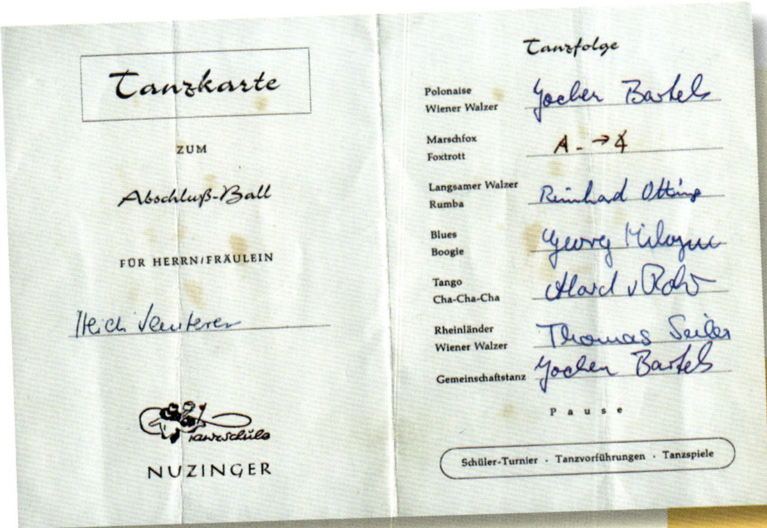

Tanzkarte

zum

Abschluß-Ball

für Herrn/Fräulein

Tanzschule

NUZINGER

Tanzfolge

Polonaise
Wiener Walzer

Marschfox
Foxtrott

Langsamer Walzer
Rumba

Blues
Boogie

Tango
Cha-Cha-Cha

Rheinländer
Wiener Walzer

Gemeinschaftstanz

Pause

Schüler-Turnier · Tanzvorführungen · Tanzspiele

Tanzkarte beim Abschlussball: Mit diesen Partnern wurde getanzt, vom Wiener Walzer bis zum Cha-Cha-Cha.

Abschlussball auf dem Schloss

Die Tanzlehrer führten die jungen Leute in langsamen und Wiener Walzer, Foxtrott, Cha-Cha-Cha, Jive und Rumba ein. In den 60ern kommen erste Beat-Grundschritte wie der Twist dazu. Nach jeder Tanzstunde musste der Herr der Dame, mit der er zuletzt getanzt hatte, in den Mantel helfen und sie zur Straßenbahn- oder Bushaltestelle bringen. Was man bei Nuzinger gelernt hatte, zeigten der Herr und seine Dame zunächst beim Mittelball auf dem Parkett des Schlosspark-Casinos oder des Stadthallenrestaurants, dann beim Abschlussball im Königssaal des Schlosses oder in der Stadthalle. Auf einer Tanzkarte waren Tischdame und -herr eingetragen sowie vier verschiedene Partner, mit denen man die einzelnen Tänze vorführen konnte. Eine Zeit lang war es üblich, dass der Abschlussballpartner vor dem Ereignis den Eltern seiner Tischdame zu Hause einen Besuch abstattete, „bewaffnet" mit einem Blumenstrauß für die Mutter.

Damen in rauschenden Kleidern: Abschlussball der Tanzschule Nuzinger 1957 auf dem Heidelberger Schloss.

Chronik

1965 – 1969

22. Februar 1966
Die Chemikerin Margot Becke (*1914) wird zur Rektorin der Universität Heidelberg gewählt und ist damit erste Universitätsrektorin Deutschlands.

3. Juli 1966
Der Jurist Reinhold Zundel (SPD) aus Wiesbaden wird im 2. Wahlgang von 50,1% der Wähler zum Oberbürgermeister gewählt (bis 1990).

6. Juni 1967
Kundgebung auf dem Universitätsplatz am Tag der Beerdigung des in Westberlin erschossenen Studenten Benno Ohnesorg. Nach einem Trauermarsch von ca. 2000 studentischen Teilnehmern durch die Hauptstraße erlässt Oberbürgermeister Zundel ein Demonstrationsverbot durch die Hauptstraße.

27. Juli 1967
Rudi Dutschke (SDS Berlin) spricht im Hörsaal 13 der Universität Heidelberg über „Die allgemeine Situation der BRD nach dem sogenannten Wirtschaftswunder und die besondere Lage der studentischen Opposition Westberlins".

1967
Verleihung der Yad-Vashem-Medaille der 36 Gerechten unter den Völkern an Hermann Maas (1877–1970) in Jerusalem. In der Allee der Gerechten in Yad Vashem wird ein Johannesbrotbaum für Maas gepflanzt.

1967-1968
Das Industriegebiet Rohrbach-Süd und das Wohngebiet Hasenleiser entstehen auf Rohrbacher Gemarkung. 120 Hektar Ackerland werden geopfert.

15. Juni 1969
Fahrpreiserhöhung der Heidelberger Straßen- und Bergbahn AG. Mehrtägige Demonstrationen und Blockaden der Straßenbahnschienen durch Studenten und Schüler. Am 17. Juni erneute Blockade der HSB und „Rote-Punkt-Aktion" nach dem Vorbild von Hannover.

Wenn alle anderen zumachten: Im „Storyville" im Keller des Gasthauses Bachlenz in der Mühltalstraße in Handschuhsheim war noch was los.

Anders tanzen an anderen Orten

So richtig Lust auf weitere Praxis hat die Tanzstunde bei Heide-Marie Lauterer nicht ausgelöst, die seitdem nie mehr Standard tanzte, sondern freie Bewegungsmuster vorzog. Nach häuslichen Partys ging sie mit anderen manchmal zum „Abtanzen" ins „Cave" in der Altstadt oder ins „Storyville" in Handschuhsheim (der späteren Diskothek „Katakombe"), ebenfalls ein in Kellergewölben befindlicher Club, der zur Gaststätte Bachlenz in der Mühltalstraße gehörte. Hin und wieder gab es Livemusik, zum Beispiel mit dem Liedermacher Hannes Wader. Meist kamen die jugendlichen Gäste hierher, wenn die anderen Kneipen in Handschuhsheim und Heidelberg zumachten. Dass an dem Ort gekifft wurde, war kein Geheimnis. Der „Capi-Keller" im Capitol-Filmtheater in der Bergheimer Straße war eine heiße Adresse für Lust an Musik und Tanzen.

Schnittig: Das erste eigene Auto 1966, ein VW Karmann-Ghia, den sich Dieter Nuzinger teilweise mit dem Aushilfslohn beim Bierausfahren der Schlossquell-Brauerei zusammensparte.

Eine eigene Welt

Die Welt der Erwachsenen war von der der Jugendlichen getrennt, die den Hang zum Abstreifen von Konventionen entwickelte, wie sich Dieter Nuzinger erinnert, auch wenn es kaum öffentliche Proteste gab. Die Coolness von James Dean und der Rock 'n' Roll waren stilprägend, man hatte das Gefühl, dass einem die Zukunft gehörte. Er selbst war allerdings von Kindesbeinen an ausreichend mit dem Tanzen und diversen sportlichen Aktivitäten beschäftigt: Fußball im DSC Heidelberg, Handball in der TSG Handschuhsheim und vor allem Leichtathletik im USC Heidelberg.

Die Whiskyflasche im Club-Safe

Manchmal hing Dieter Nuzinger gemeinsam mit den Kumpels seines drei Jahre älteren Bruders ab, im „Café Dolomiti" in der Hauptstraße oder im „Bamboo" (das später „Tunnel" hieß) in der Friedrich-Ebert-Anlage, im „Cave 54" oder im „Club 1900". Dort hatte der Bruder einen Safe gemietet, in dem er seine Whiskyflasche „parken" konnte, sehr zum Leidwesen von Dieter Nuzingers Freundin und späteren Frau, die eben das nicht durfte – die Mutter erlaubte es nicht. Zum Tanzen ging man auch in den exklusiven „Rahmengassenkeller“ in Neuenheim, der mit leeren Chiantiflaschen, auf denen Tropfkerzen brannten, bestückt war. Dort lernte Dieter den echten Rock 'n' Roll kennen und, als ganz besondere Unterhaltung, das „Flaschendrehen“: Der- oder diejenige, auf den oder die der Hals der rotierenden Flasche am Ende zeigte, musste ein Kleidungsstück ausziehen. Allerdings hörte man, so erinnert sich Nuzinger, immer rechtzeitig auf.

Meditatives im „Teehaus“

Total alternativ ging es im „Teehaus“ in der Marstallstraße zu. Im Hof der Sparkasse traf man sich ausnahmsweise nicht zum Politisieren. Es wurde wenig geredet, erinnert sich Heide-Marie Lauterer, eher herrschte eine meditative Stimmung. Man saß auf dem Boden, trank Tee aus Schalen und kämpfte mit den Teeblättern zu japanischer oder indischer Musik. Für Eingeweihte gab es was zu rauchen. Aber irgendwann verlor sich der Reiz des Ortes für sie und ihre Freundinnen – immer nur im Schneidersitz auf dem Boden sitzen und im Tee rühren war ihnen auf die Dauer zu langweilig.

Die erste Liebe

Sie hieß Susi, weiß Dieter Nuzinger, war freundlich zu ihm, aber unnahbar. Er lernte sie auf einer Konfirmandenreise kennen. Ihr Verhalten änderte sich ein wenig, als er in dem Theaterstück „Götz von Berlichingen“, das die Konfirmanden während der Reise einstudierten, die Hauptrolle spielte. Um ihre Aufmerksamkeit für ihn zu steigern, schmetterte er bei der Aufführung das berühmte Zitat, auf das alle gespannt warteten, mutig heraus. Ihr gefiel das, mehr aber war nicht.

Für Gerhild Michel wurde der ältere Bruder der besten Freundin zur ersten Liebe, eine nicht ganz einfache Erfahrung. Die Freundin empfand das ein bisschen als Konkurrenz, erzählt sie. Schließlich hatten die beiden Mädchen miteinander Blutsbrüderschaft geschlossen und trafen sich fast jeden Nachmittag im elterlichen Garten der Freundin in der Werrgasse auf der anderen Neckarseite. Hier hatte sie ihre Ersatzfamilie gefunden.

Als er 16 war, funkte es bei Bernhard Hoffmann und Luise, Tochter des Hausbesitzers in der Weststadt. Aber wie das damals so war unter Gleichaltrigen. Man wusste nicht so genau, wie man sich küsst, hat sich gefreut, einander zu sehen (was auch nicht jeden Tag der Fall war), fasste sich an und schaute sich in die Augen, erzählt er. Im Konfirmandenunterricht schwärmte Gerhard Genthner für ein Mädchen, mit dem er mal ein Eis essen ging. In der Eisdiele in der Dossenheimer Landstraße kostete eine Kugel 20 Pfennig. Bei der Schwärmerei ist es geblieben. Eine andere Eisdiele, das Café Dolomiti in der Hauptstraße, erwies sich in dieser Hinsicht als nachhaltiger: Die erste Liebe von Wilhelm Dorrinck, die er als 18-Jähriger kennenlernte, wurde später seine Frau.

Der erste Fernseher

1952 wurden in der Bundesrepublik die ersten (Schwarz-Weiß-)TV-Programme ausgestrahlt. Es dauerte, bis sich das Fernsehen zum Massenmedium entwickelte, denn nicht jede Familie konnte sich gleich den Kauf eines Fernsehgeräts leisten. Weitaus größere Bedeutung hatte das Radio, zum Beispiel zum Hören von Musik verschiedenster Art. Wilhelm Dorrinck erinnert sich an spannende Unterhaltung durch Kriminalhörspiele, die ihm wesentlich interessanter vorkamen als heutige Fernsehkrimis.

Allerdings sorgte der sich ab den 1950er-Jahren entwickelnde wirtschaftliche Aufschwung, das Wirtschaftswunder, dafür, dass die Verbreitung von Fernsehgeräten zunahm. Hatte man kein eigenes Gerät im Wohnzimmer stehen, ging

man bei bestimmten im TV übertragenen Großereignissen – die man ja nicht versäumen wollte – zu entsprechend ausgerüsteten Nachbarn oder Freunden. Dieter Nuzinger erzählt von der Fußballweltmeisterschaft 1954 in der Schweiz, die er im vollen Wohnzimmer eines begüterten Bekannten in der Weststadt verfolgte. 1965 schafften die Eltern sich einen eigenen Fernseher an, sodass die Bilder von der ersten Mondlandung 1969 zu Hause bestaunt werden konnten. Geguckt wurde bei ihnen in der Regel nur abends, weil die Kinder nicht allein vor dem Fernseher sitzen sollten, wenn die Eltern durch ihre Berufstätigkeit nicht anwesend sein konnten.

Ein Rollladen als Hindernis

Für den Fernseher, den die Eltern von Bernhard Hoffmann bereits Anfang der 60er-Jahre kauften – Marke Schaub-Lorenz –, gab es sogar einen abschließbaren Rollladen vor dem Bildschirm. Wenn die Mutter abends zu ihrer Nachtschicht als Krankenschwester fuhr, vergaß sie nicht, das Gerät entsprechend zu sichern, damit die Kinder ja nicht unerlaubt Sendungen anschauten. Aber sein Bruder, erinnert er sich, wusste Abhilfe und kriegte das einfache Schloss mit einer Häkelnadel auf, sodass sie heimlich fernsehen konnten. Beliebt waren zum Beispiel Western-Serien wie „Am Fuß der Blauen Berge“ oder „Bonanza“. In der Serie um den Ritter „Ivanhoe“ spielte der spätere James-Bond-Darsteller Roger Moore den Titelhelden.

Von Frankenfeld bis zum Frühschoppen

Auch die Eltern von Ingeborg Salomon besaßen zu dieser Zeit als eine der wenigen Familien in ihrem Umfeld einen Fernseher. Aufgrund dieses Alleinstellungsmerkmals tummelten sich häufig viele ihrer Freundinnen im Salomonschen Wohnzimmer, wenn zum Beispiel begehrte Serien wie „Fury“ oder „Lassie“ über den Bildschirm liefen oder das abendliche „Sandmännchen“ sich mit den Worten „... nun liebe Kinder , gebt fein acht, ich hab euch etwas mitgebracht!“ meldete. Für Erwachsene war das abendliche Unterhaltungs- und Informationsprogramm überschaubar. TV-Lieblinge waren Peter Frankenfeld oder Hans-Joachim Kulenkampff mit ihren Show- und Quizsendungen, bei denen die ganze Familie

Bei „Einer wird gewinnen“ saß die ganze Familie vor dem Fernseher.

zuschaute. Das galt auch für Serien wie den Science-Fiction-Knaller „Raumschiff Orion“ mit Dietmar Schönherr. Zur Fastnachtszeit schunkelte man bei den beiden großen Mainzer Sitzungsübertragungen in ARD und ZDF mit.

Bernhard Hoffmann erinnert sich, dass das Politmagazin „Panorama“ mit Gert von Paczensky und später Peter Merseburger Pflichtprogramm in der Familie war. „Der internationale Frühschoppen“ mit „sechs Journalisten aus fünf Ländern“ und natürlich Werner Höfer, erste deutsche TV-Polit-Talkshow, wurde sonntags eingeschaltet, und an Silvesterabenden versäumte man unter keinen Umständen die „Münchner Lach- und Schießgesellschaft“ mit den unwiederbringlichen Akteuren um Dieter Hildebrandt.

Das finale Testbild und der Ton

Wenn die TV-Programme – bis März 1963 gab es nur ein einziges, die ARD, später kamen dann ZDF und die Dritten Programme dazu – am späten Abend Sendeschluss hatten, erschien ein „Testbild“ auf der Mattscheibe, wie Nuzinger weiß. Begleitet wurde das zu technischen Prüfzwecken aufgeschaltete Bild zum Teil von einem durchdringenden Messton. Böse Zungen behaupten, das sei der Weckruf für alle diejenigen gewesen, die vor dem Fernseher eingeschlafen waren.

Christos spektakuläre Kunstaktion

Das verhüllte Amerika-Haus

In aller Herrgottsfrüh des 15. Mai 1969, am Feiertag von Christi Himmelfahrt, stieg der erst 33-jährige Objektkünstler Christo zusammen mit 20 Helfern dem Amerika-Haus in der Sofienstraße buchstäblich aufs Dach. Von luftiger Höhe aus ließen sie 1900 Meter weiße Gitterfolien in Rollen an der Fassade hinunter, die das Gebäude am Ende komplett verhüllten. Der bulgarischstämmige Christo, der für die spektakuläre Kunstaktion von dem Grafiker Klaus Staeck im Rahmen des alternativen Festivals „intermedia '69" nach Heidelberg geholt worden war, machte sich später mit stofflichen Verpackungen dieser Art weltweit einen Namen.

Eigentlich hatten er und Staeck seinerzeit das Schloss ins Visier genommen, aber eine Verhüllung der weltberühmten Ruine erschien der zuständigen Behörde aus baulichen Gründen als zu riskant. So kam man auf das mitten in der Stadt gelegene Amerika-Haus, das heute Deutsch-Amerikanisches Institut heißt und einst als Villa Friedreich firmierte, hatte aber bei der künstlerischen Verwandlung des Gebäudes zunächst einige technische Probleme. Die Reaktion auf die Kunstaktion fiel nicht einhellig aus: Für die von Christo geschaffene Hülle des Hauses am früheren Seegarten fand Klaus Staeck das Bild vom „Notverband" und bezeichnete sie als dessen wahrscheinlich „unvollkommenste Verpackung", obwohl er ihr eine gewisse Faszination nicht absprechen konnte.

Und auch die Heidelberger Bevölkerung reagierte nicht gerade euphorisch auf das Ereignis – wenig überraschend bei solch spektakulär-unkonventioneller Kunst.

Am Himmelfahrtstag 1969 verhüllt Christo das Amerika-Haus.

Alles für die „Revolution“ bei Jörg Burkhard

Ein ganz spezielles Publikum zog die Buchhandlung von Jörg Burkhard in der Marstallstraße an. Dort fand man jegliche Art linker Literatur, die es in anderen Buchhandlungen nicht gab – alles, was zur „Revolution“ nötig war, erzählt Heide-Marie Lauterer im Hinblick auf die Hochburg der Studentenbewegung, die Heidelberg damals werden sollte. Der Sozialistische Deutsche Studentenbund (SDS) stellte Ende der 60er-Jahre die stärkste politische Hochschulgruppe. Wer sich Werke von Marx und Engels, Reich, Horkheimer oder Negt besorgen wollte, ging zu Jörg Burkhard. Seine Mutter Inka, wie sie von allen genannt wurde, half mit im Laden, und stets dabei war auch Hund „Lütte“. Jörg Burkhards von heute aus gesehen berühmtester Kunde war Anselm Kiefer: Der Bildhauer und Maler wohnte in Buchen und kam von Zeit zu Zeit nach Heidelberg, um seinen Bruder Thomas zu besuchen und sich in der Buchhandlung mit Lektüre einzudecken.

Mitten in der Altstadt: das Collegium Academicum in der Seminarstraße 2.

Das „Collegium Academicum“

Vibrierender Ort studentischer Kultur

In die alten Mauern des im 18. Jahrhundert vom damaligen Kurfürsten erbauten „Carolinum“ in der Seminarstraße zogen 1945 Studierende ein, die hier nicht nur wohnten, sondern eine akademische Gemeinschaft besonderer Prägung lebten: Im „Collegium Academicum“ waren Selbstverwaltung und Übernahme von Verantwortung die Schlüsselbegriffe, hinzu kam demokratische Bildung im Rahmen des Re-Education-Programms

der US-Besatzungsmacht, die das Gebäude unter bestimmten Bedingungen zur Verfügung gestellt hatte. Die in die Universität eingebundene Einrichtung, in Heidelberg nur noch „das CA" genannt, entstand als ein „Kollegienhaus" nach amerikanischem Vorbild.
Wichtig war der Blick über den Tellerrand: So konnten die Kollegiaten zum Beispiel Vorträge von Hochschuldozenten, Politikern oder Künstlern hören, denen sich eine Diskussion nach den gängigen demokratischen Regeln anschloss, oder selbst Themen vorstellen. 1956 formierte sich eine eigene Theatergruppe, die ihre Inszenierungen auf einer Bühne im Keller des CA präsentierte, das „Theater im Gewölbe". Die studentischen Schauspieler unternahmen sogar Gastspielreisen, die bis ins Ausland führten. So wurde das Haus auch zu einem vibrierenden Ort studentischer Kultur mitten in der Altstadt. Und für viele seiner Bewohner war es eine Heimat auf Zeit, in der Freundschaften auf Dauer entstanden. Etwa für den Schriftsteller Rafik Schami, nach dessen Worten das CA „kein Studentenhaus, sondern eine Gemeinde aus der Zukunft" war.

Enge Jeans, toupierte Haare

In einer „Peergroup" machte man mit, was jeweils die Mode war. Möglichst eng sollten die Jeans sein, die die Jungs trugen. Bei der Frisur waren Elvistolle, ein glatter Scheitel und im Nacken der glatte Rundschnitt angesagt, erinnert sich Dieter Nuzinger. Mädchen wollten auf der einen Seite aussehen wie Brigitte Bardot, indem sie ihre Haare toupierten und sich Hochfrisuren machten, später

Hochzeit im Hotel Haarlass am Neckar: Dieter Nuzinger mit Dörte Schweizer am 28. Juli 1967.

aber wie Jean Seberg mit der kurzen Pixie-Frisur. Im Frühjahr und im Herbst stieg Gerhild Michel mit ihrer Mutter und Schwester in die OEG-Straßenbahn und fuhr nach Mannheim. Dort gab es einfach günstigere Einkaufsmöglichkeiten für neue Kleidung, zum Beispiel bei C&A Brenninkmeyer. Modische Klamotten führten in Heidelberg etwa das Bekleidungsgeschäft „Weiß“ in der Bergheimer Straße und das Unternehmen „Niebel“ in der Helmholtzstraße in Neuenheim, wo es die größte Jeans-Auswahl weit und breit gab.

Manchmal trug man Selbstgestricktes, das, wie sich Heide-Marie Lauterer erinnert, furchtbar kratzte. An ihrer Schule gab es einen „Thadden-Stil“: Der zeichnete sich zum Beispiel durch das Tragen bestimmter Schuhe – Blockabsatz mit Trensenring vorne drauf – oder eines Schottenrocks aus. Sie selbst trug mal Röcke oder Kleider, später Jeans, in denen sie mitunter barfuß ging – ganz revolutionär. Grüne Armeejacken waren beliebt, wenn sie mit den anderen zur Mitgliederversammlung des „Arbeitskreises unabhängiger sozialistischer Schüler“ ins Collegium Academicum ging. Dort wurde übrigens „hartes Kraut“ geraucht, Reval und Roth-Händle, ohne Filter.

Ankunft der Studentenbewegung

Gegen Ende der 60er-Jahre kam die Studentenbewegung in Heidelberg an und setzte mit ihrem Impetus unübersehbare (und -hörbare) Akzente in der Stadtgesellschaft. Als Schülerin beteiligte sich Heide-Marie Lauterer am 17. Juni 1969 an

Rote-Punkt-Aktion 1969: Die Polizei entfernt Steine, die an einer Haltestelle auf die Gleise der Straßenbahn als Blockade gelegt wurden.

Demonstration gegen die Fahrpreiserhöhung der HSB in der Hauptstraße im Rahmen der Rote-Punkt-Aktion 1969.

der „Rote-Punkt-Aktion“, einem Protest gegen die Fahrpreiserhöhungen bei der Heidelberger Straßen- und Bergbahn (HSB). Sie wurde sowohl von der Studentenschaft und dem Sozialistischen Deutschen Studentenbund (SDS), damals der stärksten Hochschulgruppe, getragen als auch von Schülern, Lehrlingen und jungen Arbeitern. Am Morgen gingen sie und andere Mitschülerinnen nicht in die Schule, sondern verteilten in der Stadt rote Punkte an Autofahrer, die bereit waren, Mitfahrer aufzunehmen und damit einen alternativen öffentlichen Nahverkehr zu organisieren. Der gut sichtbare Punkt wurde hinter die Windschutzscheibe geklebt. Es herrschte eine tolle Stimmung, so erzählt sie, weil sich eine Gemeinschaft für ein sinnvolles Ziel zusammengeschlossen hatte. An den Blockaden von Bussen und Straßenbahnen beteiligte sie sich nicht.

Schüler und Studenten während der Rote-Punkt-Aktion auf dem Universitätsplatz, Ecke Hauptstraße 1969.

Bernhard Hoffmann besaß ein Auto und setzte es für die Zwecke der „Rote-Punkt-Aktion“ ein. Die Proteste waren schließlich erfolgreich und die Fahrpreiserhöhungen wurden zurückgenommen. Auch bei anderen Aktionen der Studentenbewegung war Hoffmann mittendrin, etwa im Dezember 1968, wie er erzählt, als versucht wurde, die Auslieferung der Rhein-Neckar-Zeitung zu verhindern. 1969 nahm er an der Besetzung des „Hauses zum Riesen“ teil, damals das Institut für Politische Wissenschaft der Universität, das spontan in „Rosa-Luxemburg-Institut“ umbenannt wurde. Die romantische Universitätsstadt Heidelberg war nun zum Zentrum der Revolte geworden.

Starke Jahrzehnte

Zwei Jahrzehnte bilden im Leben einer Stadt, die schon Hunderte von Jahren besteht, nur einen winzigen Abschnitt ihrer Geschichte ab. Für die Menschen, die innerhalb dieser Zeitspanne aufwachsen, ist die Gewichtung eine andere: Es sind mit die wichtigsten Jahre in ihrer Biografie, weil Erfahrungen der Kindheit und Jugend prägend sind. Das Heidelberg der 1950er- und 1960er-Jahre war für unsere Zeitzeuginnen und Zeitzeugen die Kulisse, in die sich unterschiedliche Erlebnisse und Entwicklungen von ganz unterschiedlichen Persönlichkeiten eingewoben haben.

Die Stadt gewöhnte sich langsam an eine neue Normalität, von der die Anwesenheit der US-Armee, die hier ihr Hauptquartier für Europa einrichtete, ein Teil war. Nach dem Ende des Zweiten Weltkriegs hatten die Amerikaner verschiedene Gebäude für ihre Zwecke beschlagnahmt, so etwa die Stadthalle, die erst Ende 1951 an die Stadt zurückgegeben wurde.

Das Gesicht Heidelbergs wandelte sich durch bauliche Veränderungen: eine neue Brücke über den Neckar, die Umgestaltung des Bismarckplatzes mit großstädtischen Anmutungen, das erste Wohnhochhaus an der Stelle des alten Hauptbahnhofs, neue Stadtteile im Boxberg und Hasenleiser. Auch die turbulenten Wellen der Studentenbewegung erreichten die Universitätsstadt und ließen (fast) niemanden unberührt. Das Private, von dem die Zeitzeugen erzählt haben, lässt sich nicht mit goldener Verklärung gleichsetzen, die alle Schatten ausspart. Dennoch haben die fröhlichen Momente ihren Platz, die bunten Kindergeburtstage, das Eislaufen auf der zugefrorenen Neckarwiese, die ersten wilden Partys, die ersten Berührungen mit dem, was man „Liebe“ nennt.

Ende der 60er-Jahre weiß noch niemand genau, wohin ihn der weitere Lebensweg führt – aber die Weichen sind bereits gestellt.

Weitere Bücher aus der Region

Susanne Fiek, Yvonne Schwegler
Mit ganz viel Herz
Geschichten und Anekdoten aus Heidelberg
80 Seiten, zahlr. schw.-w. Fotos
ISBN 978-3-8313-2361-6

Susanne Kahlig
SCHÖN & SCHAURIG
Dunkle Geschichten aus Heidelberg
80 Seiten, zahlr. schw.-w. Fotos
ISBN 978-3-8313-3232-8

Susanne Fiek
Kurpfalz - Die Gerichte unserer Kindheit
Rezepte und Geschichten
128 Seiten, zahlr. Fotos
ISBN 978-3-8313-2203-9

Helmut Fiedler
Echt clever!
Geniale Erfindungen aus der Kurpfalz
120 Seiten, zahlr. Fotos
ISBN 978-3-8313-3211-3

Wartberg-Verlag GmbH
Im Wiesental 1 | 34281 Gudensberg-Gleichen
www.wartberg-verlag.de

Bücher für Deutschlands Städte und Regionen
Telefon: 0 56 03 – 93 05 0
Fax: 0 56 03 – 93 05 28